續・魔法科高中的劣等生

魔法人聯社 7

The irregular at magic high school Magian Company

佐島 勤
Tsutomu Sato

illustration／石田可奈
Kana Ishida

illustrator assistant／ジミー・ストーン、末永康子

Kadokawa Fantastic Novels

KEYWORDS

天罰業火

沉眠在沙斯塔山的遺跡，源自香巴拉的魔法。其威力足以匹敵戰略級魔法。

推測是在空中廣範圍生成高熱高濃度的電漿再打向地面的魔法，就像是戰略級魔法「重金屬爆散」加上「水霧炸彈」組成的魔法。

只要能確保魔法演算領域的容量，任何人使用香巴拉的遺物都可以習得，達也他們認為這一點很危險，將這個魔法視為最優先封印的對象。

戴歐尼修斯

FAIR首領洛基．狄恩擅長的精神干涉系魔法。要說專屬於他也不為過的罕見魔法。

雖然詳情沒有公諸於世，不過據說是以人類集團為對象，使其陷入酩酊狀態擺脫理性的抑制。這麼做的結果，中了魔法的人們會做出失去理智般的集團行動。

拉．洛

《時輪怛特羅》所記載香巴拉敵對勢力的名稱。

在研究者之間，大多將「拉．洛」解釋為伊斯蘭教徒（教國），但是依照布達拉宮地下遺跡的記錄，在冰河期地球成為避難所也是理想鄉的香巴拉，實際存在著伊斯蘭組織以外的敵對者。

「拉．洛」的人們使用了意味著「解放者」的名稱來稱呼自己。由此可知他們是以游擊戰術攻擊各地的香巴拉。

「但是，事態一旦開始運作只會加速進行。」
司波達也
魔法大學三年級。
打倒數名戰略級魔法師，向世人展現實力的「最強魔法師」。深雪的未婚夫。
擔任魔法人協進會的副代表，成立魔法人聯社。

「……不可以對那個東西出手。」
蕾娜・費爾
USNA政治結社「FEHR」的首領。
別名「聖女」，擁有超凡的領袖氣質。
實際年齡三十歲，看起來卻只像是十六
歲左右。

洛基・狄恩
「FAIR」的首領。表面上是義大利裔的英俊男性，
具備好戰又殘虐的一面。
為了實現由魔法師統治社會的願望而覬覦聖遺物。

「身心都處於最差的狀態……但是不知為何，知覺被研磨到前所未有的靈敏。」

成為世界最強的哥哥。
絕對信任哥哥的妹妹。
這對兄妹為了實現理想的社會而踏出一步時，

混亂與變革的每一天就此揭開序幕——

魔法人聯社 7

續・魔法科高中的劣等生

The irregular at magic high school Magian Company

佐島 勤
Tsutomu Sato
illustration
石田可奈
Kana Ishida
Kadokawa Fantastic Novels

司波達也

魔法大學三年級。
打倒數名戰略級魔法師，向世人展現實力的
「最強魔法師」。深雪的未婚夫。
擔任魔法人協進會的副代表，
成立魔法人聯社。

司波深雪

魔法大學三年級。
四葉家的下任當家。達也的未婚妻。
擅長冷卻魔法。
擔任魔法人聯社的理事長。

安潔莉娜・庫都・希爾茲

魔法大學三年級。
前USNA軍STARS總隊長安吉・希利鄔斯。
歸化日本，擔任深雪的護衛，
和達也、深雪共同生活。

九島光宣

和達也決戰之後，陪伴水波沉眠。
現在和水波一起在衛星軌道上
協助達也。

櫻井水波

光宣的戀人。
曾經陪伴光宣沉眠，
現在和光宣共同生活。

藤林響子

從國防軍退役，在四葉家從事研究工作。
二一〇〇年進入魔法人聯社就職。

遠上遼介

隸屬於USNA政治結社「FEHR」的日本青年。
在溫哥華留學期間，
熱中於「FEHR」的活動，從大學中輟。
使用失數家系「十神」的魔法。

蕾娜・費爾

USNA政治結社「FEHR」的首領。
別名「聖女」，擁有超凡的領袖氣質。
實際年齡三十歲，
看起來卻只像是十六歲左右。

艾莎・錢德拉塞卡

戰略級魔法「神焰沉爆」的發明人。
和達也共同設立「魔法人協進會」，
擔任代表。

愛拉・克里希納・夏斯特里

錢德拉塞卡的護衛，
已習得「神焰沉爆」的
非公認戰略級魔法師。

一条將輝

魔法大學三年級。
十師族一条家的下任當家。

十文字克人

十師族十文字家的當家。
進入自家的土木公司擔任幹部。
達也形容為「如同巨巖的人物」。

七草真由美

十師族七草家的長女。
從魔法大學畢業之後，進入七草家相關企業工作，
後來轉職進入魔法人聯社。

西城雷歐赫特

從第一高中畢業之後，就讀通稱「救難大」的克災救難大學。達也的朋友。
擅長硬化魔法。個性開朗。

千葉艾莉卡

魔法大學三年級。達也的朋友。
可愛的闖禍大王。

吉田幹比古

魔法大學三年級。出自古式魔法名門。
從小就認識艾莉卡。

柴田美月

從第一高中畢業之後，升學就讀設計學校。
達也的朋友。罹患靈子放射光過敏症。
有點少根筋的認真少女。

光井穗香

魔法大學三年級。
擅長光波振動系魔法。心儀達也。
一旦擅自認定後就頗為一意孤行。

北山雫

魔法大學三年級學生。從小和穗香情同姊妹。
擅長振動與加速系魔法。
情緒起伏鮮少展露於言表。

四葉真夜

達也與深雪的姨母。
四葉家現任當家。

葉山

服侍真夜的高齡管家。

黑羽亞夜子

魔法大學二年級。文彌的雙胞胎姊姊。
從第四高中畢業時，公開自己和四葉家的關係。

黑羽文彌

魔法大學二年級。和姊姊亞夜子是雙胞胎。
從第四高中畢業時，公開自己和四葉家的關係。
乍看只像是中性女性的俊美青年。

花菱兵庫

服侍四葉家的青年管家。
四葉家次席管家花菱的兒子。

七草香澄

魔法大學二年級。
七草真由美的妹妹。泉美的雙胞胎姊姊。
個性活潑開朗。

七草泉美

魔法大學二年級。
七草真由美的妹妹。香澄的雙胞胎妹妹。
個性成熟穩重。

洛基・狄恩

FAIR 的首領。表面上是義大利裔的風雅男子，
具備好戰又殘虐的一面。
為了實現由魔法師統治社會的願望
而覬覦聖遺物。

蘿拉・西蒙

擁有歸類為妖術或巫術的能力，
北非裔的美女。
洛基・狄恩的心腹兼情人。

吳內杏

進人類戰線的領袖。
擁有特殊的異能。

深見快宥

進人類戰線的副領袖。

Glossary
用語解說

魔法科高中
國立魔法大學附設高中的通稱，全國總共設立九所學校。
其中的第一至第三高中，每學年招收兩百名學生，
並且分為一科生與二科生。

花冠、雜草
第一高中用來形容一科生與二科生階級差異的隱語。
一科生制服的左胸口繡著以八枚花瓣組成的徽章，
不過二科生制服沒有。

一科生的徽章

CAD
簡化魔法發動程序的裝置，
內部儲存使用魔法所需的程式。
分成特化型與泛用型，外型也是各有不同。

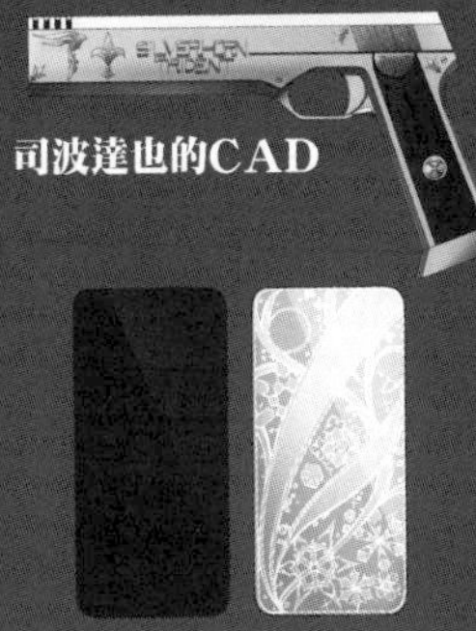
司波達也的CAD

司波深雪的CAD

Four Leaves Technology〔FLT〕
國內一家CAD製造公司。
原本該公司製造的魔法工學零件比成品有名，
但在開發「銀式」之後，
搖身一變成為知名的CAD製造公司。

托拉斯・西爾弗
短短一年就讓特化型CAD的軟體技術進步十年，
而為人所稱頌的天才技師。

Eidos〔個別情報體〕
原為希臘哲學用語。在現代魔法學，個別情報體指的是
「伴隨事物現象而來的情報」，是「事象」曾經存在於
「世界」的記錄，也可以說是「事象」留在「世界」的足跡。
依照現代魔法學的定義，「魔法」就是修改個別情報體，
藉以改寫個別情報體所代表的「事象」的技術。

Idea〔情報體次元〕
原為希臘哲學用語。在現代魔法學，情報體次元指的是「用來記錄個別情報體的平台」。
魔法的原始形態，就是將魔法式輸入這個名為「情報體次元」的平台，
改寫平台裡「個別情報體」的技術。

啟動式
為魔法的設計圖，用來構築魔法的程式。
啟動式的資料檔案，是以壓縮形式儲存在CAD，魔法師輸入想子波展開程式之後，
啟動式會依照資料內容轉換為訊號，並且回傳給魔法師。

想子
位於靈異現象次元的非物質粒子，記錄認知與思考結果的情報元素。
成為現代魔法理論基礎的「個別情報體」，成為現代魔法骨幹的「啟動式」和
「魔法式」技術，都是由想子建構而成。

靈子
位於靈異現象次元的非物質粒子。雖然已經確認其存在，但是形態與功能尚未解析成功。
一般的魔法師，頂多只能「感覺到」活化狀態的靈子。

魔法師
「魔法技能師」的簡稱。能將魔法施展到實用等級的人，統稱為魔法技能師。

魔法式
用來暫時改變伴隨事物現象而來的情報之情報體。由魔法師持有的想子構築而成。

魔法演算領域

構築魔法式的精神領域，也就是魔法資質的主體。該處位於魔法師的潛意識領域，魔法師平常可以意識到魔法演算領域並且使用，卻無法意識到內部的處理過程。對魔法師本人來說，魔法演算領域也堪稱是個黑盒子。

魔法式的輸出程序

❶從CAD接收啟動式，這個步驟稱為「讀取啟動式」。
❷在啟動式加入變數，送入魔法演算領域。
❸依照啟動式與變數構築魔法式。
❹將構築完成的魔法式，傳送到潛意識領域最上層暨意識領域最底層的「基幹」，從意識與潛意識之間的「閘門」輸出到情報體次元。
❺輸出到情報體次元的魔法式，會干涉指定座標的個別情報體進行改寫。

「實用等級」魔法師的標準，是在施展單一系統暨單一工序的魔法時，於半秒內完成這些程序。

魔法的評價基準（魔法力）

構築想子情報體的速度是魔法的處理能力、
構築情報體的規模上限是魔法的容納能力、
魔法式改寫個別情報體的強度是魔法的干涉能力，
這三項能力總稱為魔法力。

始源碼假說

主張「加速、加重、移動、振動、聚合、發散、吸收、釋放」四大系統八大種類的魔法，各自擁有正向與負向共計十六種基礎魔法式，以這十六種魔法式搭配組合，就能構築所有系統魔法的理論。

系統魔法

歸類為四大系統八大種類的魔法。

系統外魔法

並非操作物質現象，而是操作精神現象的魔法統稱。
從使喚靈異存在的神靈魔法、精靈魔法，或是讀心、靈魂出竅、意識操控等，包括的種類琳琅滿目。

十師族

日本最強的魔法師集團。一条、一之倉、一色、二木、二階堂、二瓶、三矢、三日月、四葉、五輪、五頭、五味、六塚、六角、六鄉、六本木、七草、七寶、七夕、七瀨、八代、八朔、八幡、九島、九鬼、九頭見、十文字、十山共二十八個家系，每四年召開一次「十師族甄選會議」，選出的十個家系就稱為「十師族」。

含數家系

如同「十師族」的姓氏有一到十的數字，「百家」之中的主流家系姓氏也有十一以上的數字，例如「『千』代田」、「『五十』里」、「『千』葉」家。
數字大小不代表實力強弱，但姓氏有數字就代表血統純正，可以作為推測魔法師實力的依據之一。

失數家系

亦被簡稱「失數」，是「數字」遭受剝奪的魔法師族群。
昔日魔法師被視為兵器暨實驗樣本的時候，評定為「成功案例」得到數字姓氏的魔法師，要是沒有立下「成功案例」應有的成績，就得接受這樣的烙印。

各式各樣的魔法

● 悲嘆冥河

凍結精神的系統外魔法。凍結的精神無法命令肉體死亡，
中了這個魔法的對象，肉體將會隨著精神的「靜止」而停止、僵硬。
依照觀測，精神與肉體的相互作用，也可能導致部分肉體結晶化。

● 地鳴

以獨立情報體「精靈」為媒介振動地面的古式魔法。

● 術式解散

把建構魔法的魔法式，分解為構造無意義的想子粒子群的魔法。
魔法式作用於伴隨事象而來的情報體，基於這種性質，魔法式的情報結構一定會曝光，無法防止外力進行干涉。

● 術式解體

將想子粒子群壓縮成塊，不經由情報體次元直接射向目標物引爆，摧毀目標物的啟動式或魔法式這種紀錄魔法的想子情報體，屬於無系統魔法。
即使歸類為魔法，但只是一種想子砲彈，結構不包含改變事象的魔法式，因此不受情報強化或領域干涉的影響。此外，砲彈本身的壓力也足以反彈演算干擾的影響。由於完全沒有物理作用力，任何障礙物都無法防堵。

● 地雷原

泥土、岩石、砂子、水泥，不拘任何材質，
總之只要是具備「地面」概念的固體，就能施以強力振動的魔法。

● 地裂

由獨立情報體「精靈」為媒介，以線形壓潰地面，
使地面乍看之下彷彿裂開的魔法。

● 乾冰雹暴

聚集空氣中的二氧化碳製作成乾冰粒，
將凍結過程剩餘的熱能轉換為動能，高速射出乾冰粒的魔法。

● 迅襲雷蛇

在「乾冰雹暴」製造乾冰顆粒時，凝結乾冰氣化產生的水蒸氣，
溶入二氧化碳氣體使其形成高導電霧，再以振動系與釋放系魔法產生摩擦靜電。以溶入碳酸的水霧或水滴為導線，朝對方施展電擊的組合魔法。

● 冰霧神域

振動減速系廣域魔法。冷卻大容積的空氣並操縱其移動，
造成廣範圍的凍結效果。
簡單來說，就像是製造超大冰箱一樣。
發動時產生的白霧，是在空中凍結的冰或乾冰。
但要是提升層級，有時也會混入凝結為液態氮的霧。

● 爆裂

將目標物內部液體氣化的發散系魔法。
如果是生物就是體液氣化導致身體破裂，
如果是以內燃機為動力的機械就是燃料氣化爆炸。
燃料電池也不例外。即使沒有搭載可燃的燃料，無論是電池液、油壓液、冷卻液或潤滑液，世間沒有機械不搭載任何液體，因此只要「爆裂」發動，幾乎所有機械都會毀損而停止運作。

● 亂髮

不是指定角度改變風向，而是為了造成「絆腳」的含糊結果操作氣流，以極接近地面的氣流促使草葉纏住對方雙腳的古式魔法。只能在草長得夠高的原野使用。

魔法劍

使用魔法的戰鬥方式，除了以魔法本身為武器作戰，還有以魔法強化、操作武器的技術。
以魔法配合槍、弓箭等射擊武器的術式為主流，不過在日本，劍技與魔法組合而成的「劍術」也很發達。
現代魔法與古式魔法兩種領域，都開發出堪稱「魔法劍」的專用魔法。

1.高頻刃

高速振動刀身，接觸物體時傳導超越分子結合力的振動，將固體局部液化之後斬斷的魔法。和防止刀身自我毀壞的術式配套使用。

2.壓斬

使劍尖朝揮砍方向的水平兩側產生排斥力，將劍刃接觸的物體像是左右推壓般割斷的魔法。排斥力場細得未滿一公釐，強度卻足以影響光波，因此從正面看劍尖是一條黑線。

3.童子斬

被視為源氏祕劍而相傳至今的古式魔法。遙控兩把刀再加上手上的刀，以三把刀包圍對手並同時砍下的魔法劍技。以同音的「童子斬」隱藏原本「同時斬」的意義。

4.斬鐵

千葉一門的祕劍。不是將刀視為鋼塊或鐵塊，而是定義為「刀」這種單一概念，依循魔法式所設定的刀路而動的移動系統魔法。被定義為單一概念的「刀」如同單分子結晶之刃，不會折斷、彎曲或缺角，將會沿著刀路劈開所有物體。

5.迅雷斬鐵

以專用武裝演算裝置「雷丸」施展的「斬鐵」進化型。將刀與劍士定義為單一集合概念，因此從接觸敵人到出招的一連串動作，都能毫無誤差地高速執行。

6.山怒濤

以全長一八〇公分的大型專用武器「大蛇丸」所施展的千葉一門的祕劍。將己身與刀的慣性減低到極限並高速接近對手，在交鋒瞬間將至今消除的慣性疊加，提升刀身慣性後砍向對方。這股偽造的慣性質量和助跑距離成正比，最高可達十噸。

7.薄翼蜻蜓

將奈米碳管編織為厚度十億分之五公尺的極致薄膜，再以硬化魔法固定為全平面而化為刀刃的魔法。薄翼蜻蜓製成的刀身比任何刀劍或剃刀都要銳利，但術式不支援揮刀動作，因此術士必須具備足夠的刀劍造詣與臂力。

魔法技能師開發研究所

西元二〇三〇年代，日本政府因應第三次世界大戰當前而緊張化的國際情勢，接連設立開發魔法師的研究所。研究目的不是開發魔法，始終是開發魔法師，為了製造出最適合使用所需魔法的魔法師，基因改造也在研究範圍。

魔法技能師開發研究所設立了第一至第十共十所，至今依然有五所運作中。

各研究所的細節如下所述：

魔法技能師開發第一研究所

二〇三一年設立於金澤市，現在已關閉。

開發主題是進行對人戰鬥時直接干涉生物體的魔法。氧化魔法「爆裂」是衍生形態之一。不過，操作人體動作的魔法可能會引發傀儡攻擊（操作他人進行的自殺式恐怖攻擊），因此禁止研發。

魔法技能師開發第二研究所

二〇三一年設立於淡路島，運作中。

和第一研的主題成對，開發的魔法是干涉無機物的魔法。尤其是關於氧化還原反應的吸收系魔法。

魔法技能師開發第三研究所

二〇三二年設立於厚木市，運作中。

目的是開發出能獨力應付各種狀況的魔法師，致力於多重演算的研究。尤其竭力實驗測試可以同時發動、連續發動的魔法數量極限，開發可以同時發動複數魔法的魔法師。

魔法技能師開發第四研究所

詳情不明，推測位於前東京都與前山梨縣的界線附近，設立時間則估計是二〇三三年。現在宣稱已經關閉，而實際狀況也不明。只有前第四研不是由政府，是對國家具備強大影響力的贊助者設立。傳聞現在該研究所從國家獨立出來，接受贊助者的支援繼續運作，也傳聞該贊助者實際上從二〇二〇年代之前就經營著該研究所。

據說其研究目標是試圖利用精神干涉魔法，強化「魔法」這種特異能力的源泉，也就是魔法師潛意識領域的魔法演算領域。

魔法技能師開發第五研究所

二〇三五年設立於四國的宇和島市，運作中。

研究的是干涉物質形狀的魔法。主流研究是技術難度較低的流體控制，但也成功研究出干涉固體形狀的魔法。其成果就是和USNA共同開發的「巴哈姆特」。加上流體干涉魔法「深淵」，該研究所開發出兩個戰略級魔法，是國際聞名的魔法研究機構。

魔法技能師開發第六研究所

二〇三五年設立於仙台市，運作中。

研究如何以魔法控制熱量。和第八研同樣偏向是基礎研究機構，相對的缺乏軍事色彩。不過除了第四研，據說在魔法技能師開發研究所之中，第六研進行基因改造實驗的次數最多（第四研實際狀況不明）。

魔法技能師開發第七研究所

二〇三六年設立於東京，現在已關閉。

主要開發反集團戰鬥用的魔法，群體控制魔法為其成果。第六研的軍事色彩不強，促使第七研成為兼任戰時首都防衛工作的魔法師開發研究設施。

魔法技能師開發第八研究所

二〇三七年設立於北九州市，運作中。

研究如何以魔法操作重力、電磁力與各種強弱不同的交互作用力。基礎研究機構的色彩比第六研更濃厚，但是和國防軍關係密切，這一點和第六研不同。部分原因在於第八研的研究內容很容易連結到核武開發，在國防軍的保證之下，才免於被質疑暗中開發核武。

魔法技能師開發第九研究所

二〇三七年設立於奈良市，現在已關閉。

研究如何將現代魔法與古式魔法融合，試圖藉由讓現代魔法吸收古式魔法的相關知識，解決現代魔法不擅長的各種課題（例如模糊不明確的術式操作）。

魔法技能師開發第十研究所

二〇三九年設立於東京，現在已關閉。

和第七研同樣兼具防衛首都的目的，研究如何在空間產生虛擬結構物的領域魔法，作為遭遇高火力攻擊的防禦手段。各式各樣的反物理護壁魔法為其成果。

此外，第十研試圖使用不同於第四研的手段激發魔法能力。具體來說，他們致力開發的魔法師並非強化魔法演算領域本身，而是能讓魔法演算領域暫時超頻，因應需求使用強力的魔法。但是成功與否並未公開。

除了上述十間研究所，開發元素家系的研究所從二〇一〇年代運作到二〇二〇年代，但現今全部關閉。此外，國防軍在二〇〇二年設立直屬於陸軍總司令部的秘密研究機構，至今依然獨自進行研究。九島烈加入第九研之前，都在這個研究機構接受強化處置。

戰略級魔法師

現代魔法是在高度科技之中培育而成，
因此能開發強力軍事魔法的國家有限，
導致只有少數國家能開發匹敵大規模破壞武器的戰略級魔法。
不過，開發成功的魔法會提供給同盟國，
高度適合使用戰略級魔法的同盟國魔法師，
也可能認證為戰略級魔法師。
在二〇九五年四月，各國認定適合使用戰略級魔法，
並且對外公開身分的魔法師共十三名。
他們被稱為「十三使徒」，公認是世界軍事平衡的重要因素。
在國家公認的戰略級魔法師之中，
大亞聯盟的劉雲德被正式公布死亡，
新蘇聯的貝佐布拉佐夫與巴西的米吉爾．迪亞斯生死不明，實際上是戰死。
另一方面，大亞聯盟的劉麗蕾與日本的一条將輝是被公認的新戰略級魔法師，
所以關於國家公認戰略級魔法師的人數，
國際社會的認知是十二人至十四人不等。
此外大亞聯盟雖然沒有正式對外承認劉麗蕾逃到日本，
但這在軍事相關人士之間已經是公開的秘密，
有時候也會將劉麗蕾從「使徒」除名而成為「十一使徒」。
在二一〇〇年的時間點，各國公認的戰略級魔法師如下所述：

USNA

■安吉．希利鄔斯：「重金屬爆散」
■艾里歐特．米勒：「利維坦」
■羅蘭．巴特：「利維坦」
※其中只有安吉．希利鄔斯任職於STARS。
艾里歐特．米勒位於阿拉斯加基地，羅蘭．巴特位於國外的直布羅陀基地，
兩人基本上不會出動。

新蘇維埃聯邦

■伊果．安德烈維齊．貝佐布拉佐夫：「水霧炸彈」
※二〇九七年被推定已經死亡，但是新蘇聯否定這個猜測。
■列昂尼德．肯德拉切科：「大地紅軍」
※肯德拉切科年事已高，基本上不會離開黑海基地。

大亞細亞聯盟

■劉麗蕾：「霹靂塔」
※劉雲德已於二〇九五年十月三十一日的對日戰鬥中戰死。

印度、波斯聯邦

■巴拉特．錢德勒．坎恩：「神焰沉爆」

日本

■五輪 澪：「深淵」
■一条將輝：「海爆」
※二〇九七年由政府認定是戰略級魔法師。

巴西

■米吉爾．迪亞斯：「同步線性融合」
※魔法式為USNA提供。二〇九七年之後音訊全無，但是巴西否認這個說法。

英國

■威廉．馬克羅德：「臭氧循環」

德國

■卡拉．施米特：「臭氧循環」

※臭氧循環的原型，是分裂前的歐盟因應臭氧層破洞而共同研發的魔法，後來由英國完成，依照協定向前歐盟各國公開魔法式。

土耳其

■阿里．夏亨：「巴哈姆特」

※魔法式為USNA與日本所共同開發完成，由日本主導提供。

泰國

■梭姆．查伊．班納克：「神焰沉爆」

※魔法式為印度、波斯聯邦提供。

STARS簡介

USNA軍統合參謀總部直屬魔法師部隊。共有十二部隊，
隊員依照星星的亮度分成不同階級。
部隊長各自獲頒一等星的稱號。

●STARS的組織體系

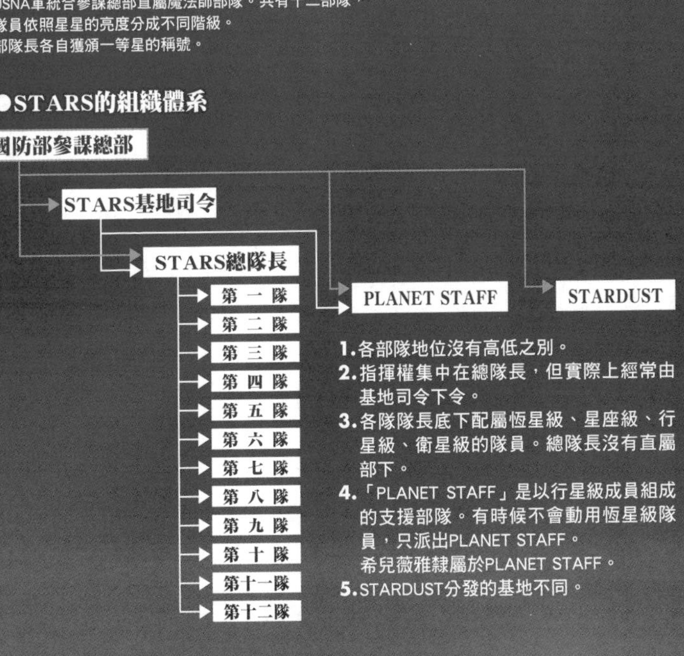

1. 各部隊地位沒有高低之別。
2. 指揮權集中在總隊長，但實際上經常由基地司令下令。
3. 各隊隊長底下配屬恆星級、星座級、行星級、衛星級的隊員。總隊長沒有直屬部下。
4. 「PLANET STAFF」是以行星級成員組成的支援部隊。有時候不會動用恆星級隊員，只派出PLANET STAFF。
希兒薇雅隸屬於PLANET STAFF。
5. STARDUST分發的基地不同。

魔法人聯社（Magian Company）

國際互助組織「魔法人協進會（Magian Society）」於二一〇〇年四月二十六日設立的一般社團法人，主要功能是以具體行動實現該協進會的目的——魔法資質擁有者的人權自衛。根據地設於日本的町田，由司波深雪擔任理事長，司波達也擔任常務理事。

成立已久的魔法協會也是類似的國際組織，不過魔法協會的主要目的是保護實用等級的魔法師，相對的，魔法人聯社是協助擁有魔法資質的人（無論在軍事上是否有用）開拓大顯身手的管道，屬於非營利法人。具體來說預定朝兩個方向拓展事業，分別是傳授魔法人實務知識的魔法師非軍事職業訓練事業，以及介紹工作使其一展長才的非軍事職業介紹事業。

FEHR

政治結社「Fighters for the Evolution of Human Race」（人類進化守護戰士）的簡稱。是在二〇九五年十二月為了對抗逐漸激進的「人類主義者」而設立。總部座落在溫哥華，代表人蕾娜．費爾別名「聖女」，擁有超凡的領袖氣質。和魔法人協進會一樣，該結社的目的是從反魔法主義的魔法師排斥運動保護魔法師的安全。

反應護甲

被前第十研驅逐的失數家系「十神」的魔法。是一種個體裝甲魔法，裝甲一受損就會重新建構，同時獲得「和受損原因相同種類的攻擊」的抵抗力。

FAIR

表面上和FEHR相同，是在USNA進行活動，為了保護同胞而對抗反魔法主義者的團體。然而實際上是鄙視無法使用魔法的人們，為了自身權利不惜動用暴力的魔法至上主義激進派集團。不為人知的正式名稱是「Fighters Against Inferior Race」。

進人類戰線

原本是被FEHR領袖蕾娜．費爾感化的日本人所設立的團體，目的是保護魔法師不被反魔法主義迫害。不同於反對訴諸暴力的FEHR，該團體認為如果政治或法律無意阻止魔法師遭受迫害，某種程度的違法行為是必要手段。創立時的首任領袖斷然發起的示威行動，使得該團體一度被迫解散，後來重新集結成為地下組織。名稱不是「新人類」而是「進人類」，反映該團體「魔法師不只是新世代的人類，更是進化後的人類」的自我意識。

聖遺物

擁有魔法性質的歐帕茲總稱。分別具備特有性質，長久以來就算使用現代技術也難以重現。出土地點遍布世界各地，包括阻礙魔法發動的「晶陽石」或是性質上可以儲存魔法式的「瓊勾玉聖遺物」等等，種類繁多。「瓊勾玉聖遺物」解析完畢之後，成功複製出可以儲存魔法式的聖遺物。人造聖遺物「儲魔具」成為恆星爐運作的系統核心。

成功製作人造聖遺物的現在，聖遺物依然有許多未解之謎，國防軍與國立魔法大學等機構持續進行研究。

The International Situation

二一〇〇年現在的世界情勢

以全球寒冷化為直接契機的第三次世界大戰──二十年世界連續戰爭大幅改寫了世界地圖。世界現狀如下所述：

USA合併了加拿大以及墨西哥到巴拿馬等各國，組成北美利堅大陸合眾國（USNA）。

俄羅斯再度吸收烏克蘭與白俄羅斯，組成新蘇維埃聯邦（新蘇聯）。

中國征服緬甸北部、越南北部、寮國北部以及朝鮮半島，組成大亞細亞聯盟（大亞聯盟）。

印度與伊朗併吞中亞各國（土庫曼、烏茲別克、塔吉克、阿富汗）以及南亞各國（巴基斯坦、尼泊爾、不丹、孟加拉、斯里蘭卡），組成印度、波斯聯邦。

司波達也成就了個人對抗國家的偉業。二一〇〇年，斯里蘭卡在IPU與英國的承認之下獨立，在獨立的同時，魔法師國際互助組織「魔法人協進會」在該國創設總部。

亞洲阿拉伯其餘國家，分區締結軍事同盟，對抗新蘇聯、大亞聯盟以及印度、波斯聯邦三大國。

澳洲選擇實質鎖國。

歐洲整合失敗，以德國與法國為界分裂為東西兩側。東歐與西歐也沒能各自整合為單一國家，團結力不如戰前。

非洲各國半數完全消滅，倖存的國家也只能勉強維持都市周邊的統治權。

南美除了巴西，都處於地方政府各自為政的小國分立狀態。

【1】傳喚

西元二一〇〇年八月最後的星期日。達也被叫到四葉本家。

傳喚他的是當家四葉真夜。達也依然還無法違抗真夜——不，應該說他目前尊重當家的地位沒有違抗。

「歡迎回來，達也。香巴拉的探索辛苦你了。」

出現在達也面前的真夜乍看之下心情很好。

「報告書我看過了。是耐人尋味的內容。」

真夜說完朝達也嫣然一笑。雖然總是如此，但是這張笑容並不單純。

「關於香巴拉遺產的危險性，我也有同感。當成研究材料的話令我深感興趣，卻不能無視於戰略級魔法擴散的可能性。」

「感謝姨母大人您的理解。那麼關於這種危險的遺產，屬下能以封印的方針進行嗎？」

但要是揣測心機變得過於慎重就無法繼續行事。達也利用真夜的話語為契機，要求真夜准許他進行下一次遠征。最優先要封印的對象魔法沉眠在北美的沙斯塔山，真夜閱讀過的報告書上是這麼寫的。

「採用這個方針也沒問題，但是……」

真夜故意含糊其詞。看來她不想准許達也赴美。

只要知道理由，應該也能找到說服的線索吧。達也沒有急性子催促真夜說下去，而是默默等待後續的話語。

「你可以多等一些時間嗎？既然是沉眠一萬年以上的東西，延遲一年半載應該也在誤差範圍之內。」

「方便請教理由嗎？」

達也對於「誤差範圍之內」這句意見大為反對。但他首先詢問阻止他赴美的理由。

「是東道閣下的命令。」

真夜的回答，是達也預測的理由之中最難推翻的一個。

「閣下表示無法容許你繼續離開日本。你在ＩＰＵ逗留太久了。」

達也自己也覺得在印度波斯聯邦待太久了，所以無法反駁這個指摘。

「但是，事態一旦開始運作只會加速進行。」

然而達也認為現在不是悠哉以對的狀況。

「ＵＳＮＡ已經解讀地圖之石板，得知香巴拉的遺跡真實存在。他們或許會為了尋求更進一步的線索而挖掘調查沙斯塔山，因而發現地下沉眠的遺跡，我們不能無視於這個可能性。」

「利用遺跡所需的『杖』在你手上吧？」

「屬下在布哈拉獲得的香巴拉之杖，換言之就是萬能鑰匙。目前已知每座遺跡各自都有對應的遺物當成鑰匙，無法保證美軍不會找到這種遺物。而且若要進入遺跡，使用現代的土木機械就不是難事。只要進入遺跡，就可以當場安裝遺跡保存的魔法。因為遺跡傳授魔法的機制，基本上和『導師之石板』相同。」

「我理解你的危機意識了。」

真夜說完嘆了口氣。

「只不過，閣下的怒火也不能無視。達也你肯定也能理解吧？」

達也當然理解。展開恆星爐計畫的時候，達也就和東道青波簽訂契約。以「達也成為日本的遏阻力」為條件，東道准許恆星爐計畫的推行，而且也提供助力。達也長時間離開日本，等同於輕視這份契約。達也也在回國之前就預測到東道應該會壞了心情。

「我沒要否定你封印危險魔法的計畫。只不過沒辦法立刻進行。」

達也也理解這一點。四葉家並非自給自足，為了養家就需要贊助者。雖說四葉家不是單方面依賴而是互助的關係，卻還是無法忽視贊助者的意向。

「達也，等待時機到來吧。我想想，最長也是一年，到時候閣下應該也會息怒吧。」

「……屬下明白了。」

達也當下也只能讓步。

◇◇◇

「哎呀，達也表弟，你要回去了？」

走出本家宅邸的時候，達也被夕歌叫住。

「是的。」

「但我聽說你才剛到啊？」

「當家大人要找我談的事情已經談妥了。」

「如果是這麼快就能談妥的事情，應該不需要特地叫你過來吧……」

雖說內容沒什麼大不了的，夕歌卻公然說出批判當家真夜的話語。這裡是本家宅邸前方。真夜絕對不是暴君，但如果是四葉家的人，即使是分家的當家也應該會謹言慎行吧。達也對此也會小心提防。然而會毫不在乎說出這種話的只有夕歌。

應該不是因為她神經大條，而是因為她無慾無求。身為分家下任當家的夕歌在一族裡的地位很高，但她沒有執著於這個立場。不只是立場，對於伴隨而來的富裕財產也不在乎。雖然在服裝打扮似乎有著普通程度的堅持，對於其他的事情卻不太關心，只要可以進行自己喜歡的研究就能滿足，夕歌具有這種學者氣質。

「請問找我有什麼事嗎？」

短時間就談妥是只看結果的說法。即使從一開始就知道一兩分鐘可以談妥，也是必須直接交談的內容。但是達也沒提到這一點，詢問夕歌來到這裡的理由。

「是的。關於之前歹徒襲擊ＦＬＴ使用的魔法，我有些問題想問。」

「沒問題，反正現在時間空出來了。」

這不是在挖苦夕歌「事情很快就談妥卻特地把人叫來」的這段批判，而是單純的事實。達也原本也以為真夜會說得更久一點。

「是嗎？太好了。那麼可以來研究所嗎？」

「知道了。」

聽到達也的回應，夕歌說聲「謝謝」背對達也踏出腳步。

在包括了魔法師調整設施（＝基因操作設施）的四葉家研究設施，夕歌處於副所長的地位。達也被帶進分配給夕歌個人使用的研究室。是上次赴美之前保管相貌認知阻害魔法「冥隱」未完成檔案的房間。

經過「咖啡可以嗎？」「您決定就好」這段對話，夕歌將自動機沖泡的兩杯咖啡放在辦公桌與邊桌（不用說，達也的是放在邊桌的那一杯），然後坐在辦公桌前面。

「事不宜遲……」

夕歌沒朝咖啡杯伸手就開始發問。

「麻痺語言能力的那個魔法名稱是『巴別』對吧？」

「是的。正式名稱好像是『巴別塔之神罰』。所以怎麼了嗎？」

點頭回答夕歌這個問題的同時，達也詢問她這麼問的意圖。

「這個名稱是記載在『導師之石板』對吧？」

不過夕歌的詢問還沒結束。

「與其說記載，應該說儲存在石板吧。因為這好像是安裝魔法的從魔持有的情報——當然，前提是先前在美國偵訊術士的結果可以信賴。」

「假設偵訊的結果是對的……那麼這是從一開始就決定的名稱嗎？」

「有什麼事情令您在意嗎？」

達也再度反問她這麼問的意圖。

「語法不合。」

這次夕歌回答了。

不過，光是這樣聽不懂意思。達也以視線催促她說下去。

「基於先前治療時從受害者身上取得的資料，我試著對『巴別』的魔法式進行逆向工程。」

「這真厲害。」

達也率直稱讚。達也先前在美國也有「看見」嵌入患者大腦（嚴格來說是大腦的想子體）的「巴別」魔法式，卻沒能理解內容。他唯一能做的就是據實寫出魔法式——也就是照抄。

但是夕歌似乎更進一步了。既然能夠進行逆向工程，代表她應該已經解析「巴別」的部分機制。

包括現代使用的魔法以及古式魔法，「巴別」魔法式的語法和已知的魔法差太多了。達也不認為可以這麼輕易理解，卻也不覺得夕歌是在吹牛。

「既然那個魔法從一開始就命名為『巴別塔之神罰』，應該可以認定這個名稱來自基督教的舊約聖經吧。」

「說得也是。合理推測應該是源自於舊約聖經的《創世紀》。」

達也以稍微補充的形式贊成夕歌的看法。

「舊約聖經完成之前，或許就有巴別塔的神話或傳說，總之這種可能性先放在一旁。這麼一來『導師之石板』製成的時間，再怎麼古老應該也不會超過三千七百年前。」

「摩西被認為是西元前十六世紀到十三世紀的人物，所以這個推測應該是對的。」

一般都是把《創世紀》列入《摩西五書》，作者據說是《出埃及記》的主角摩西。換句話說既然「巴別」的命名來自《創世紀》，那就是在摩西之後的時代製作的，再怎麼古老也不會早於西元前十六世紀，也就是三千七百年前。

「進一步考慮到基督教與猶太教的傳教歷史，如果是在西元前製作，魔法文體就會使用以卡巴拉魔法為首的中東系魔法；如果在西元後製作，就會使用以符文魔法或是德魯伊魔法為代表的歐洲系魔法才對。」

「應該是直接使用從古代傳承的魔法文體吧？」

達也提出合理的反駁，不過這種程度的問題似乎早就檢討完畢，夕歌立刻搖了搖頭。

「將魔法式進行逆向工程的結果，『巴別』的魔法文體看起來明顯受到阿維斯陀語以及神代日語的影響。」

「……阿維斯陀語我可以理解，但您說神代日語？不，說起來『神代日語』是什麼？和『古代日語』不一樣嗎？」

「雖然沒被學會承認而且證據也不足，但是曾經存在著和古代日語不同系統，祭祀專用的上古日語。要是追訴神道系古式魔法的歷史，就會發現許多要素必須以『神代日語』真實存在為前提才能進行合理的說明。」

「這樣啊。我不知道這件事。」

達也以正經態度點頭回應，不過老實說他覺得半信半疑。從聖遺物出土的事例就知道，日本肯定存在著遠古魔法文明。不過關於神代文字的存在，達也處於「沒有提出充分證據」的立場。

「神代日語的真假不是本質上的問題，所以目前請先放到一旁。」

大概是從達也的態度察覺他的懷疑心態，夕歌在這方面避免議論。

「我在意的是，名稱源自於猶太聖典，儲存在美國西岸出土之石板的這個魔法，看得出曾經從西亞移動到日本的痕跡。那個魔法或許不是被越過大西洋的人們帶往美國，而是被越過太平洋的人們帶過去的。」

「……說得也是。」

達也一時之間只說得出這句話。他完全沒想到「導師之石板」從亞洲南部經由日本越過太平洋（應該不是橫越，而是從千島群島經由阿拉斯加沿岸）帶往美國的可能性。

原因之一是他對於石板埋在沙斯塔山的原委漠不關心。他的注意力沒朝向過去，只朝向「未知的危險魔法埋藏在地底，今後也可能被挖掘出來」的這個未來。

「這些人到底為什麼需要進行這麼大規模的移動？我覺得簡直像是被某種東西追著跑。」

「……意思是被敵人追殺？」

「是的。或者是被統治者追緝。說不定是為了對抗比己方強大的敵人或統治者而製作『導師之石板』。」

達也無法否定這個推測。

「若是這樣的話，或許他們也準備了比起擾亂語言能力更具攻擊性的魔法……我內心不禁這麼想。」

達也認為夕歌的擔憂很中肯。

而且他開始非常好奇當時是誰在敵對或是反抗何種對象……

回到東京的達也，面對深雪、莉娜以及他的專屬管家花菱兵庫，告知真夜今天對他說的事。

「既然是這種隱情，赴美就只能延期了吧……」

深雪透露出雖然感到遺憾卻無可奈何的放棄心態輕聲這麼說。

「不能想點辦法嗎？因為那東西很危險吧？一個不小心會是世界的危機吧？」

莉娜一副難掩憤慨的樣子。

「理奈大小姐，屬下認為達也大人也明白這一點。」

兵庫安撫莉娜。不過從這句話看得出他也不希望在這時候原地踏步。

「如莉娜所說，危險遺產的封印計畫不能延緩。但是恆星爐的普及對我來說也一樣重要。不能在這個時間點忤逆東道閣下。」

「要不要拜託光宣代勞？」

深雪提議派遣光宣擔任達也的代理人。光宣曾經和達也一起前往西藏遺跡，散布在世界各地的香巴拉遺產情報就是在那裡取得的。關於應該封印的危險遺產，光宣和達也擁有同等的情報。此外，可用為萬能鑰匙出入遺跡的那把寶杖，目前知道能依照達也的意思設定代理權。

「不，姨母大人也禁止派遣光宣。這也是東道閣下的意向。」

不過這個方案已經被搶先封鎖。

「……光宣的事情是從哪裡洩漏給閣下知道的？」

「不曉得。恐怕是有閣下的部下在四葉家臥底吧。」

四葉家首席管家葉山是元老院派來的監視者，達也與深雪都還不曉得這件事。

「除此之外沒什麼好方法嗎……」

為了讓恆星爐計畫成功，東道的協助不可或缺。至少不能和他為敵。

恆星爐計畫的真正目的以及對於達也來說的重要性，深雪非常清楚。在達也的心目中，成就這個計畫的意義不下於封印危險的遺產。

莉娜也理解這一點。在面露愁容思索的深雪身旁，莉娜發出低沉的聲音歪過腦袋。

「……聽說日本的掌權者害怕外在的壓力！」

不久，莉娜露出「我想到了！」的表情大聲說。

「應該不只是日本會這樣……不過，說得也是。」

國力（尤其是軍事力）不強的國家，無法抵抗來自外國的壓力。擺脫和平痴呆的惡夢並回想起這個事實的日本，和昔日相比對外部壓力已經具備抵抗力。即使如此，利用外部壓力逼使國內權力龍頭妥協的這種手法，是至今也被使用的一種政治手法。

「請參議院的柯蒂斯議員施壓，將達也派遣到美國吧。請ＪＪ向史賓賽部長交涉也是一個方法。」

參議院的柯蒂斯議員是美國政界的要人，據說尤其對ＣＩＡ具有強大的影響力。目前擔任STARS總司令官又和莉娜是舊識的卡諾普斯，柯蒂斯是他的舅公。當年STARS被寄生物反叛勢力掌握的時候，達也接受這位參議院議員的委託從中途島監獄救出卡諾普斯，因而建立交情。

此外，簡稱ＪＪ的傑佛瑞．詹姆士是現任ＵＳＮＡ國防部長暨下任總統呼聲最高的候選人連恩．史賓賽的心腹，同樣和達也處於合作關係。莉娜的提案並非不可能實現。

只是莉娜這個計畫雖然不是辦不到卻很草率。

「莉娜，和外國的這種門路不能這麼隨便動用。無論是ＪＪ還是參議院議員，都不是不求回報就願意提供助力的人物。」

深雪從損益層面規勸莉娜。

「這……他們不會開出太強人所難的條件喔，肯定沒錯。」

看來莉娜也不認為可以無條件獲得協助。

「我也認為他們不會強人所難。不過莉娜，妳的祖國非常想得到達也大人的技術哦？」

「原……原本恆星爐技術就預定會對外提供，所以盡量賣他們人情不是很好嗎？」

「光是恆星爐本身應該不會滿足吧？如果被要求提供儲魔具的製造技術該怎麼辦？那種技術很容易被挪用到軍事領域。」

「儲魔具」是具有魔法式儲存效果的人造聖遺物。要是在儲魔具存入攻擊力強的魔法，即使是只具有弱小魔法天分的士兵，也能成為和一流戰鬥魔法師同等的魔法戰力。

「這……」

莉娜語塞了。她的表情不是「我沒察覺！」而是「果然會變成這樣吧……」

「不，以基本方針來說沒錯。」

但是達也意外贊同莉娜的說法。

「為了儘早赴美，需要由ＵＳＮＡ政府出面協調。不過如深雪所說，形式上由我們提出委託的話不太妙。」

只是達也並非單方面站在莉娜那邊。

「那麼要設局讓ＵＳＮＡ那邊主動表態希望達也大人協助嗎？」

聽到深雪這麼問，達也點頭說「沒錯」。

「有什麼好方法嗎？」

「莉娜，向卡諾普斯司令提出警告。在日本也以『巴別』造成侵害的蘿拉．西蒙，接受大亞聯盟的支援回到USNA了。」

對於莉娜的問題，達也笑也不笑如此回答。

◇　◇　◇

蘿拉逃離日本的消息是文彌提供給達也的。

進人類戰線在五月引發事件的時候，該組織的領袖逃進十六夜調的宅邸，後來即使事件已經解決，黑羽家依然把十六夜調當成需要注意的人物進行監視。說來不巧，在蘿拉被帶進十六夜宅邸的時候黑羽家陰錯陽差沒能發現，但是在逃離的時候確實目擊，直到她搭上飛機都親眼見證。此外黑羽家在跟蹤的時候不只是蘿拉，連帶她離開的大亞聯盟「八仙」何仙姑也沒有察覺。

確認蘿拉出境的監視員在當天回報給文彌與亞夜子，正要前往西藏的達也在這個時間還在沖繩。文彌原本想要立刻向達也報告這件事，亞夜子卻說「從西藏回來之前別讓達也先生思考多餘的事情比較好」阻止他。

基於這樣的原委，所以達也與深雪從西藏回國的第二天才得知蘿拉的事。

不過協助蘿拉逃離的特務是八仙之一，連黑羽家都沒掌握到這個情報。目前只知道「疑似是大亞聯盟的特務」。

文彌與亞夜子回到東京的自家時，比起達也從四葉本家回來的時間晚了許多。

「大亞聯盟的行動也開始變本加厲了。」

「明明以前吃過那種苦頭，看來還沒受到教訓。」

和達也與深雪所居住在距離四葉家東京總部大樓一個區塊的公寓自家裡，還沒換下「工作服」的兩人坐在餐桌旁邊，在面前擺了一杯冷飲休息片刻。

此外文彌說的「以前」指的是五年前的橫濱事變。

「文彌，你那邊怎麼樣？」

「解決了。應該可以暫時專心處理大亞聯盟的事。」

兩人在最近分頭行動。襲擊ＦＬＴ的呂洞賓是兩人一起對付，但是後來再度分頭行動。因為文彌有一份從去年就沒完成的「作業」。

他說「解決了」的意思是在今天好不容易將這個案件做個了結。牽扯到國際結社（不是單純的國際犯罪結社）的這個案件明顯蠶食黑羽家在首都圈的人力資源，拖累其他的諜報活動。

「但如果提早一週結束，就不會放任蘿拉．西蒙逃走了。」

「已經發生的事也沒辦法挽救。」

亞夜子安撫不甘心的文彌。她這句話也是對自己說的。文彌忙著完成「作業」的這段期間，東京方面其他的諜報活動由亞夜子一手包辦。

能夠責備亞夜子「辦事不力」的人不包括文彌。但是關於蘿拉被十六夜調收容以及沒能查出大亞聯盟特務的真正身分，亞夜子自己感受到不小的屈辱。

「如你所說，大亞聯盟應該不會受到教訓，繼續派遣特務前來吧。只要達也先生之前收拾的呂洞賓說的那些話是真的。」

大亞聯盟菁英魔法師特務部隊「八仙」之一的呂洞賓，坦承目的是要暗殺達也。不是亞夜子他們直接問到的，是太早認定暗殺會成功的呂洞賓得意洋洋向達也這麼說。從狀況來看，呂洞賓的這段發言具有一定的可信度。

「說得也是。這次絕對不會放過對方，也不會勞煩到達也先生。」

文彌說出堅定的決心。

「嗯，一定要由我們解決。」

亞夜子對此也完全贊同。

◇　◇　◇

到了深夜，達也聯絡光宣。

『我一個人去封印吧？』

被禁止赴美，難以立刻封印香巴拉的危險遺物。從達也口中聽到這件事的光宣立刻這麼說。

光宣沒有惡意。基於和達也類似的理由，光宣也認為應該盡快封印危險的遺產。達也的行動原理是「為了深雪」，同樣的，光宣的行動原理是「為了水波」。

光宣與水波都是被當成戰爭工具而製造的調整體。製造光宣的九島家不是要把他用為兵器，水波也不是直接以基因改造誕生，而是由調整體父母誕生的存在，但是塑造兩人肉體的基因，被為了戰爭而開發的技術改造過，這是無庸置疑的事實。

香巴拉的遺產很可能導致未來會量產調整體當成基底，進而改造為武器濫用。水波對這樣的未來感到恐懼又悲傷。自從得知西藏存在著這樣的遺產，光宣就知道水波內心是這麼想的。

所以為了去除水波的擔憂，光宣下定決心封印遺產。不是因為受達也所託，是他自己想要這麼做。所以既然達也無法行動，就由我一個人來處理吧。這個要求對於光宣來說是理所當然。

達也也理解這一點。

「很可惜，這個方案也被阻止了。」
而且真夜也早已預料。
「高千穗沒有監視裝置，所以就算你登陸ＵＳＮＡ，四葉家也不知道。但是收到我的報告之後，他們肯定有派遣監視人員前往沙斯塔山一帶。」
『被發現的話果然不妙吧。』
「雖然不到致命的程度，但是行動難免會受限吧。」
光宣與水波的文明生活，是四葉家經由巳燒島的虛擬衛星電梯提供補給而成立。真夜有權限停止補給。雖然能以達也的裁量提供某種程度的補給，但是相較於現在難免變得匱乏。
即使光宣降落在沙斯塔山也未必會被發現。他們兩人都這麼認為。同時這個風險也不是零。
「話是這麼說，但我也不打算置之不理。雖然很辛苦，但是可以請你從上空監視是否有人對遺跡出手嗎？」
『知道了。這邊因為軌道的關係不可能二十四小時監視，不過埋藏在地底的遺跡也不是兩三個小時就能入侵。有什麼動靜的話我會立刻通知你。』
四葉家肯定有派遣在ＵＳＮＡ國內僱用的監視員前往沙斯塔山，但是這些人是真夜的棋子。可能不會將迅速又正確的情報提供給達也。
「拜託你了。」

達也對光宣的信賴程度更勝於真夜。

隔天早上，莉娜將達也的警告轉達給卡諾普斯。

因為時差的關係，所以新墨西哥的STARS總部已經是傍晚時分。但是卡諾普斯一收到這個警告就立刻召開會議。

三年前爆發的寄生物叛亂，導致STARS失去許多人材。空缺還沒有補滿。即使如此還是有第二、第五、第七、第八、第九、第十、第十二這七個部隊的隊長、第一隊代理隊長瑪法克上尉、第十一隊倖存的肖拉中尉、STARS的主任科學家艾比格爾．史都華等人參加會議。

「滯留在日本的希爾茲中校在剛才提出警告。」

進行簡單的開場白之後，卡諾普斯對集結的幹部們這麼說。

「別用『希爾茲中校』這種見外的稱呼方式，直接稱呼『莉娜』就好吧？」

史都華插嘴打岔，卻沒有任何人反應。基於禮貌被無視的史都華雙肩一聳，詢問卡諾普斯：

「到底是什麼樣的警告？」

「我想各位都記得，先前在西岸發生的語言能力喪失事件，是使用『巴別』這個來路不明的魔法引發的恐攻事件。」

「意思是同樣的事件還會發生嗎？」

「希爾茲中校說，同樣的事件恐怕會擴大規模再度發生。」

「根據是？」

第五隊的隊長，恆星級隊員最年長的諾亞．卡佩拉少校詢問卡諾普斯。

「之前的事件是魔法師犯罪結社ＦＡＩＲ所屬的魔法師海倫．施奈德引發的。比這個人還要強力的魔法師習得同一個魔法，在日本引發了同樣的事件。而且這名魔法師已經回到美國。」

「所以中校才會提出警告啊。」

曾經參與西岸事件的肖拉中尉露出信服的表情點頭。

「所以知道這名魔法師的真實身分嗎？」

史都華再度詢問卡諾普斯。

「依照希爾茲中校的說法，這名魔法師是ＦＡＩＲ的副手，『魔女』蘿拉．西蒙。」

「魔女……」數人口中發出這句呢喃。現在聚集在這裡的STARS幹部沒人熟悉古式魔法，所以也沒人正確知道「魔女」具有何種能力，又是何種程度的威脅。

「請史都華博士盡快研究『巴別』的治療與應對方法。需要多少預算盡量請求沒關係。」

古式魔法或精神干涉系魔法不是史都華專長的領域，所以研究本身是由其他職員進行。但她

是STARS研究部門的統括者。預算與人員的分配交由史都華負責。

「以第一優先進行吧。我想招聘熟悉古式魔法的研究者，應該沒問題吧？」

「我准。列出候補人選的名單給我。」

「要進行身家調查是吧。知道了，我立刻製作名單。」

「拜託了。」

接著卡諾普斯看向肖拉。

「肖拉中尉，貴官和斯琵卡少尉一起指揮行星級隊員，搜索蘿拉·西蒙的下落並且逮捕。」

蘇菲亞·斯琵卡是今年春天剛就任的新恆星級隊員，是莉娜大約兩個月前來訪的時候，被提拔擔任她搭檔的年輕女軍官。具有適合諜報領域的魔法特性，也有習得需要的技能。

「可以嗎？這樣會觸犯司法當局的權限……」

肖拉在擔憂這麼做是否會在軍方與警方、聯邦軍與州政府之間產生摩擦。

「這部分由我來協調。」

卡諾普斯認同這份擔憂，明言表示由他自己負責。

「知道了。」

肖拉就這麼坐著行禮致意。

卡諾普斯點頭回應肖拉，然後環視隊長們的臉。

「維持國內治安不是我們的任務，但是還沒詳細查明的魔法造成的恐攻或許會威脅到美國。因此參謀總部很可能對我們下令出動。請各隊因應事態做好準備。」

得到各隊隊長「收到」的回應之後，臨時會議就此結束。

「蘿拉，差不多該報告妳在日本發生什麼事了。」

ＦＡＩＲ的首領洛基·狄恩向自己的心腹暨情婦蘿拉·西蒙這麼問的時間，是在蘿拉回國的第四天早晨，場所是在床上。

兩人都是赤身裸體。包含蘿拉回國當天的這四天，兩人過著縱慾交歡的糜爛生活。

「非常抱歉，閣下。您要求奪取人造聖遺物的命令沒能完成。」

蘿拉維持一絲不掛的模樣，跪在撐起上半身坐在床上的狄恩旁邊磕頭。

「實力這麼強的妳，為什麼不只是任務失敗，還被日本的術士監禁？」

「是，閣下……」

就這麼維持跪姿只抬頭仰望狄恩的蘿拉雙眼看起來可憐兮兮，充滿妖豔的魅力。

「在魔力減半的狀態果然很難發揮十足的能力……所以作戰失敗了。」

「『巴別』成為了負擔嗎？」

「對不起。」

蘿拉所說的「魔力減半」這句話，改以現代魔法的方式來說就是「魔法演算領域有一半無法使用」。蘿拉的魔法資源有一半被「巴別」吃掉。

「感覺從魔至今也在吸取我的魔力。」

「還不夠嗎？」

狄恩露出嗜虐心態扭曲嘴唇。他粗魯翻過蘿拉讓她仰躺，按住她的雙手壓在她身上。

朝陽射入的寢室充滿蘿拉的嬌媚聲音。

再度睡著的狄恩是在中午之前清醒。

蘿拉不在身邊。看來「魔力」回復了。她是魔女，擁有以性交回復魔力的能力。這在仙道是名為「房中術」的技術。

這三天的期間，除了生活所需最底限的時間以外一直在床上度過，並不是因為狄恩飢渴難耐或是蘿拉生性淫亂。不，蘿拉確實很淫亂，卻也存在著「回復魔法資源」的現實目的。

洗好臉的狄恩來到飯廳，看見蘿拉在喝像是茶的飲料。令人微醺的香氣肯定包含麻藥之類的成分。

他分心注意這股香氣的時候，蘿拉從椅子起身。

「稍微回復了嗎？」

狄恩看著深深鞠躬的蘿拉背部發問。

「託您的福。」

蘿拉以正經語氣回答之後抬頭。

「閣下，要喝點什麼嗎？」

聽到蘿拉恭敬這麼問，狄恩以傲慢的語氣回答「做飯給我吃」，然後坐在餐桌旁的椅子。

蘿拉以溫順態度回答「遵命」，前往廚房。

不只是狄恩的分，蘿拉也做了自己的午餐一起享用。

「蘿拉，妳魔法力降低的問題不能想辦法解決嗎？」

吃完的餐具收拾乾淨，餐後酒的酒杯放在桌上的時候，狄恩如此詢問蘿拉。

使用「導師之石板」獲得「巴別」之後，副作用是魔法演算領域受到壓迫，至今使用的其他魔法再也無法使用——狄恩事前就知道這一點，明知如此還是讓蘿拉習得「巴別」。

結果就是蘿拉再也無法使用魔女的飛行術，其他魔法也無法隨心所欲地使用。在日本無法逃離十六夜調的宅邸是被「巴別」的副作用害的，這不是她不服輸的辯解。如果能夠隨心所欲使用魔女術，她應該可以破解十六夜調監禁她的魔法，自行逃離宅邸。

「關於這個，我想嘗試一個方法。」

蘿拉立刻如此回應。在狄恩要求之前，她應該就想解決自己魔法技能減弱的問題吧。

「嘗試？什麼方法？」

狄恩沒說「交給妳決定」。

「我想閣下應該知道，魔女術代代傳承了和惡魔簽訂契約的方法。」

「應該只有傳承方法吧。但我聽說沒有成功叫出惡魔的實際案例。」

如此指摘的狄恩聲音聽起來酸溜溜的，卻終究沒有揶揄的語氣。

「是的。到頭來，惡魔這種東西應該不存在吧。如果有的話，就是勝利之神與敗北之神。即使存在著和惡魔簽訂契約的方法，讓神順從的魔法也無人知曉。」

「無聊。這都是推測，不，連推測都稱不上。幾乎都是沒有根據的單純迷信吧？」

「是的，閣下。如您所說，神的存在以及惡魔的不存在都沒有確切的根據。不過，從魔是存在的。因為將『巴別』植入我體內的正是從魔。」

「這是妳親身確認過的事。名為『從魔』的這種存在，我並不懷疑。」

狄恩話中的挖苦語氣消失了。因為他知道蘿拉的說明逐漸接近核心。

「我想要使用魔女術傳承的惡魔召喚技術，嘗試和『巴別』的從魔重新簽訂契約。如果可以一度將從魔從我身上切割出去，不是以隨時融合的狀態，而是成為只在使用術法的時候召喚出來利用的使魔，那我不必損耗魔力就可以使用『巴別』。」

「原來如此。意思是要把『巴別』當成外部終端機，也就是外接裝置吧。」

蘿拉使用魔女術語的這段說明，狄恩改以現代風格闡述。

「是的，您這麼理解也沒問題。」

「好，妳試試看吧。以最壞的狀況，即使放棄『巴別』也無妨。」

與其習得強力卻不好用的古代魔法，狄恩寧願以蘿拉取回力量為優先。不是因為重視蘿拉這名情婦，而是因為比起「巴別」，狄恩更熟悉蘿拉魔女術的利用方法與優缺點而更容易使用。

日本國防軍統合軍令部，明山參謀總部長。階級是少將。他自己不是魔法師，卻是眾所皆知在國防軍首屆一指的親魔法師派高級軍官。獨立魔裝聯隊和佐伯少將斷絕關係之後從大隊升格為聯隊，同時也因為成為完全獨立的部隊而失去師團或旅團這種高階組織保護，其領導者風間上校如今在國防軍的後盾正是明山總部長。相對的，獨立魔裝聯隊在正式的軍務之外，也成為明山參謀總部長的棋子暗中活躍。

二一〇〇年八月最後的夜晚，風間受命造訪明山的住處。

明山從上週末就極機密出訪印度波斯聯邦（IPU），今天上午剛回國。身為明山心腹的風間只知道極機密出訪的事實，但出訪的目的不得而知。所以今晚找他過去，他從時間點推測應該是和IPU有關，卻猜不透自己會接到什麼命令。

被帶進會客室等待明山前來的這段時間，風間也一直思考這次會接到什麼樣的祕密任務。但是他的預測全部落空了。

「這週末，IPU會向西藏出兵。」

風間在高級會客沙發組的另一側恭敬待命時，明山突然開口投下這顆炸彈。

「這週末嗎……」

IPU向西藏出兵的這件事本身，風間從好幾年前就覺得何時發生都不奇怪。在軍事當局人士之間甚至視為肯定會發生但只有時期未定的未來。

然而這週末的話也太趕了。今天是星期二。IPU若是在星期六發動軍事行動，也只剩下四天的時間。

「方便請教一下名目嗎？」

風間向明山詢問IPU本次標榜的正當理由。既然明山知道開戰的時程，肯定也聽過IPU

打算以何種名目展開戰爭。

「回應西藏逃亡政府的出兵請求，向現在的傀儡政府宣戰。」

明山的回答果然不是推測或是聽聞的形式，而是斷定。

「這還真是……不會演變為正面衝突嗎？」

風間沒隱藏驚訝之意。若是依照現在實質統治西藏的大亞聯盟採取的應對方式，可能會演變成IPU與大亞聯盟的全面戰爭。

「不，應該不會成為全面戰爭吧。」

解讀到風間這份擔憂的明山否定這一點。

「IPU無意和大亞聯盟一決雌雄。另一方面，大亞聯盟沒有餘力進行全面戰爭。」

「然而即使一開始沒這個意思，要是持續戰勝就會激發慾望。」

大亞聯盟沒有餘力，風間也贊成這個分析。大亞聯盟歷經二〇九五年橫濱侵略作戰的失敗以及二〇九七年遠東俄羅斯侵略作戰的失敗，還沒有充分從創傷當中回復。

但是IPU沒有這種制約。陶醉於勝利導致軍事行動一發不可收拾的例子，即使只看上一場大戰也絕對不算少。

「拉什·辛格將軍也擔心這一點。」

明山在IPU見面的對象是IPU聯邦軍副司令，印度共和國軍總司令官拉什·辛格中將。

這部分正如風間的推測。

「重點來了。風間上校，我想請貴官以觀戰武官的身分前往ＩＰＵ。」

上個世紀標榜「抑制並解決國際紛爭」這個表面上的目的而設立的國際機構，卻在二〇三〇年代癱瘓功能成為只有名目的無力存在，在二〇五〇年代消滅。二十一世紀末的現在，只有字面上好聽的這種國際機構並不存在。

取而代之為了防止戰場上的過度暴行而復活的常規，就是名為「觀戰武官」的古老制度。觀戰武官原本是用來在戰爭當中誇示國威與正當性，沒有人道方面的目的，如今卻是為了有利於進行戰後處理而邀請觀戰武官擔任證人，利用他們證明己方沒有犯下任何的戰爭罪。觀戰武官不會為了阻止暴行而積極行動，但是在第三方的國家監視之下，可以得到一定的遏阻效果。

此外國際魔法協會只會為了防止核戰而以實力介入紛爭，不會把終結紛爭當成目的。協會基於立場也不會為了防止戰爭犯罪或是拯救被害者而出動。國際魔法協會承認自身的極限，知道自己不是維持和平的中立機構。

由於有這樣的背景，所以派遣風間擔任觀戰武官完全不突兀。別說突兀，也不必像這樣祕密商討，只要正式發布軍令就好。

「遵命。」

所以風間不認為這個話題就此結束，認為明山私底下叫他過來肯定有別的理由。

「此外在這次的戰爭，ＩＰＵ實驗性地接受文民的監視團參與。要是能順利發揮功能，今後應該會成為新的國際常規吧。」

「文民的監視團？能夠確保他們的安全嗎？」

風間不由得抱持懷疑的態度回應。考慮到他和明山的關係，這個反應並不恰當，但是指摘的內容本身很妥當。

此時明山投下第二顆炸彈。

「英國的馬克羅德卿以及德國的施米特教授已經答應參加監視團。」

「……老實說這難以置信。」

風間的聲音與表情緊繃。但是對於明山的驚爆發言做出這種反應甚至算是客氣了。明山列舉的這兩人是國家公認戰略級魔法師。單人就扛起國家軍事力的一角，也是所謂的「使徒」。光是出國就很稀奇，居然沒有大規模的護衛部隊相伴就前往戰地，依照現代的常識難以想像。

「但這是事實。預先聲明一下，他們兩人這次參加監視團，國際魔法協會沒有介入。」

「那麼，監視團的其他成員也是魔法師嗎？」

「不，預定有一半是戰鬥魔法師。當然不是軍人。」

「這個文民監視團是受到ＩＰＵ的邀請進入當地，請問下官可以這麼理解嗎？」

風間發問的聲音隱約透露憂慮。

「沒錯。」

「西藏以及其背後的大亞聯盟，不會把監視團視為IPU陣營的魔法師戰力嗎？」

「應該會這麼想吧。」

「那麼大亞聯盟也會以中立觀察員的名目派遣己方陣營的魔法師吧？」

昔日USNA與新蘇聯之間，曾經隔著白令海峽爆發局地性的武力紛爭。命名為「北極祕密戰爭」的這場紛爭，是兩國魔法師之間進行的暗鬥。

即使是少數魔法師之間的戰鬥，沒被正式承認的這場戰爭，依然在橫濱事變之前被稱為戰後最大的武力衝突。行使強力魔法的戰鬥引發的破壞與殺戮，匹敵重裝軍隊之間的衝突。

風間擔心在西藏可能會發生類似的魔法戰鬥。

「應該會派遣吧。正因為會變成這樣，所以能夠期待雙方相互牽制防止戰鬥過熱。」

「老實說，下官感到疑問。不上不下的戰力無法讓遏阻力產生作用。」

「你說戰略級魔法師也是不上不下？」

明山看起來沒有壞了心情，反倒像是覺得風間的意見很有趣。

「即使總稱為戰略級魔法，威力也各有不同。『臭氧循環』極端來說是廣範圍的毒氣攻擊，價值在於不必準備運輸手段，只要一名魔法師就能實行。因為害怕被以偷襲的形式反擊，所以這個魔法才能成為打消侵略念頭的遏阻力，但是在魔法師之間的戰鬥，下官認為這個魔法缺乏讓雙方收手的效果。」

「原來如此，我理解貴官對於『臭氧循環』的評價了。那麼別的戰略級魔法呢？」

「雖然在總部長您面前是班門弄斧，不過對於政府的遏阻力，只要讓政府認為『開戰的話自身也會受到嚴重損害』就能成立。換言之憑著字面上的規格就夠了。但是對於士兵的遏阻力，必須是能讓他們實際感受到恐懼的東西才行。如果沒有實際展現威力，下官認為很難讓那些陶醉在戰鬥亢奮感的士兵或是前線指揮官收手。」

「沒使用在實戰的魔法不足以成為遏阻力，這就是貴官的意見嗎？」

「並非毫無意義，但是不足。從這個觀點來看，只以展示打響知名度卻沒有實際在戰場上使用的『重金屬爆散』，以遏阻力來說比不上曾經在遠東俄羅斯重創大亞聯盟的『水霧炸彈』。」

「那麼以遏阻力來說，你評價最高的戰略級魔法是『水霧炸彈』嗎？」

「不，說到讓戰場上的官兵感到恐懼，應該沒有魔法比得上『質量爆散』吧。」

「我有同感。」

明山立刻點頭。風間察覺明山的意圖，露出「糟了」的表情。這份慌張瞬間就消失，但是對於明山來說，這種事從一開始就毫無關係。因為明山處於下令的立場，不需要鬥什麼心機。

「我與辛格將軍都認為遏阻力最強的魔法是『質量爆散』。進一步來說，馬克羅德卿也是相同的看法。」

「總歸來說……為了牽制大亞聯盟以免他們無視於國際公法拿西藏人民當『肉盾』，您認為必須拉攏達也加入監視團嗎？」

「大亞聯軍還沒從三年前的敗戰重整旗鼓。」

明山沒有直接回答風間的問題。

明山所說的「三年前的敗戰」，就是風間舉例使用過「水霧炸彈」的那場戰鬥。在遠東俄羅斯投入大軍的大亞聯盟，因為當時還存活的貝佐布拉佐夫使用「水霧炸彈」而受到重創，失去侵略部隊的七成兵力。即使從大亞聯盟陸軍兵力整體來看，這個比例也絕對不低。尤其是主力戰車的損耗，推定多達大亞聯盟所保有車輛的五成左右。

「從目前推測的兩國戰力來考量，短期決戰的話很可能是IPU勝利。只要沒陷入難分難解的消耗戰，應該可以成功解放西藏。」

避免陷入消耗戰的策略，就是透過觀戰武官由第三方國家監視，並且由文民監視團牽制。拉什・辛格大概是想要拉攏國際輿論，藉以封鎖大亞聯盟擅長的傳統作戰，也就是以正規部隊進行的非正規戰法。

「檯面上的任務是擔任觀戰武官，檯面下的任務是說服達也嗎？」

「這邊沒要將司波達也先生束縛在文民監視團。辛格將軍也說過，只要他進入當地一兩次，之後只要掛名參加就好。施米特教授好像也是以這種形式參加。」

明山沒有點頭回應風間的問題，而是提出具體的條件。

「此外，我不打算把說服的任務扔給你一個人。四葉家那邊由我來委託。」

老實說，風間認為很難說服。某段時期和達也決裂的這份交情已經修復完畢。雖然長官與部屬的關係終結，但是友誼關係即使不像以前那麼親密也依然維持至今。

所以風間不是擔心會吃閉門羹。他認為達也現今複雜化的立場不容許這種做法。

「……總部長，ＵＳＮＡ方面知道這件事情嗎？要是達也出動，不只是大亞聯盟與新蘇聯，ＵＳＮＡ應該也會警戒。」

風間認為的最大瓶頸，是達也和ＵＳＮＡ的關係。三年前在巳燒島實質上敗給達也一個人之後，ＵＳＮＡ肯定將他視為最大的潛在威脅。達也一直對於ＵＳＮＡ保持友好的立場，應該是因為他也理解這一點並且有所提防吧。

「包括觀戰武官以及文民監視團，這兩件事肯定都由ＩＰＵ通知了。不過關於邀請司波先生參加，ＩＰＵ與我國都沒通知，也不打算告知。」

關於ＩＰＵ這次出兵西藏，明山會負責和ＵＳＮＡ磨合——看來不打算討ＵＳＮＡ的歡心。他的表情與語氣就是如此。

「——知道了。下官會找達也談談看。」

現在已經不是自己表述意見的階段。風間如此理解了。

「拜託了。」

而且這個理解正確無誤。

【2】不速之客

受命搜索蘿拉・西蒙的亞莉安娜・李・肖拉中尉，在翌日帶著被指名為任務搭檔的蘇菲亞・斯琵卡少尉造訪司令官室。

「關於蘿拉・西蒙的搜索，聽說妳有事要找我討論？」

卡諾普斯詢問站在辦公桌前方的肖拉。

「是的，司令。斯琵卡少尉要獻策。」

「斯琵卡少尉嗎？說來聽聽吧。」

卡諾普斯的視線移向斯琵卡。

在STARS之中算是菜鳥的斯琵卡即使緊張，依然確實承受這雙視線。

「從ＦＡＩＲ這幾個月的動向判斷，首領洛基・狄恩應該是企圖利用聖遺物強化戰力。要不要利用這一點引誘狄恩與蘿拉・西蒙現身？」

斯琵卡主要接受的是諜報員的訓練，這個計畫反映她的經歷。

「意思是放出假情報誘導兩人離開市區吧。可能嗎？」

「可能性應該很高。」

「嗯……說明細節給我聽吧。」

看見卡諾普斯的積極反應，斯琵卡深吸一口氣開始說明。

「由我們這邊放出風聲，ＦＡＩＲ在沙斯塔山挖掘的白色石板，除了已經查明的地圖，還隱藏另一張地圖……」

◇　◇　◇

大亞聯盟內陸黃河中游的陝西省。魔法師特務部隊八仙的總部「太乙方院」設置在此地。偽裝成古老道教寺院的這棟建築物裡，八仙的藍采和被八仙隊長曹國舅找了過來。

「曹隊長，藍采和前來報到。」

「辛苦了。立刻要交付妳一份新任務。現在的任務由其他人接手。請藍小姐做好潛入準備之後立刻飛往日本。」

「知道了。」

苗條的漢人美女藍采和恭敬低頭。她沒問任務內容。在上司面前要耐心等待說明，這是他們的作風。

曹國舅這邊也很清楚這一點，所以沒在說明不足的狀況下結束。

「任務是暗殺日本的司波達也。」

聽到這裡，藍采和身體一顫。

「恕在下冒昧請問……不是已經命令呂先生暗殺那個人了嗎？」

她緊繃的臉看著下方，就這麼反問曹國舅。

「他失敗了。」

「……被反過來打倒了嗎？」

「沒錯。」

藍采和背部慢慢冒出汗水。現在是盛夏，但空調沒故障。這是冷汗。

藍采和擅長的領域，簡單來說是美人計。迷倒敵人使其背叛。吸取機密情報，散播假情報，並且進行破壞工作。

她至今接到的任務，主要都是這種間接打擊敵人的任務。由自己直接攻擊敵人的任務，先不提是否做得到，她沒什麼相關的經驗。

此外，呂洞賓在八仙之中最精於暗殺。正因如此，暗殺「摩醯首羅」這名恐怖魔人的困難任務才會選上他。呂洞賓失敗的暗殺任務轉由自己進行。藍采和覺得曹國舅是叫她白白送死。

「最近，ＩＰＵ可能對西藏進行大規模的軍事行動。」

曹國舅在這時候突然改變話題。

「這是以占筮聽來的嗎？」

藍采和抬頭和曹國舅四目相對。

曹國舅是限定型的預知能力者。在「形式上」進行占筮（使用筮竹的占卜），不是解讀卦象而是「聽取」未來。預知能力者大多是幻視未來，不過以他的狀況，未來的情報是以幻聽的形式來訪。不是神諭或預言那樣聽到某人的聲音以話語述說。對話聲或是聲響、雜音。未來的自己聽到的聲音會斷續傳入耳中。

這種預知能力，曹國舅以實際上只是借用形式的「占筮」自稱，也任憑旁人這麼稱呼。

「依照占筮，那個男的會參與這場軍事行動。」

「難道要……再度上演『灼熱萬聖節』嗎……？」

藍采和的臉上正式失去血色。

「沒能知道這麼多——不對，我的形容方式不適當。ＩＰＵ與日本策劃讓司波達也參與西藏的軍事行動，這才是占筮的結果。」

「那麼，那個魔人還不確定會參與戰爭吧？」

藍采和似乎鬆了口氣，臉色稍微改善。

「沒錯。正因如此，所以為了避免這種未來，必須盡快除掉那個人才行。」

「——暗殺司波達也的任務，在下收到了。在下會立刻出發前往日本。」

藍采和繃緊表情這麼說。她的態度不再驚慌。不能讓司波達也使用「質量爆散」，為此必須成功執行暗殺任務。她已經下定這個決心了。

「從呂先生反過來被打倒的事實來看，正面挑戰那個男人應該打不贏。所以才會選擇藍小姐妳執行這個任務。我認為如果是妳的魔法就有十足的勝算。」

「在下會盡棉薄之力。」

藍采和說完之後，向曹國舅恭敬拱手行禮。

◇　◇　◇

魔法大學的暑假很短。從八月一日到九月十日，不到一個半月。不問國公立或私立，在國內大學之中應該是最短的吧。

進入九月之後，返鄉的學生陸續回來為新學期做準備。在家鄉幫忙老家工作的一条將輝，也在換月的同時回到東京的公寓。

將輝租借的公寓附有家具與家電。他對於裝潢沒有堅持，所以沒猶豫什麼就決定住處。但是相當注重隔音與防震，家具也是挑選不便宜的款式——不過挑選的是母親。

「月租套房」「週租套房」這些名稱在二十一世紀末的現在也有使用。將輝的公寓是歸類為「月租套房」的物件。雖說是「月租」卻有許多住戶是以年為單位簽約。居民搬家的狀況不是很頻繁，卻也稱不上罕見。

這是三層樓高，總戶數十五戶的小規模建築物。一条家在東京另有據點，工作的時候會前往該處，屬於辦公與住宅分開的生活。這一點可說和辦公與住宅合一的達也成為對比。

因為是小公寓，所以只要住了一年之久，即使沒有和鄰居往來，也能辨認住戶長相到「感覺很面熟」的程度。所以在走廊或階梯擦身而過的時候，如果是新的住戶就認得出來。

從金澤老家回來的將輝，看見隔壁房間走出一名沒看過的女性。他想早點外出吃晚餐而打開玄關大門的時候「碰巧」遇見對方。

察覺到將輝的這名女性微微點頭致意並且走向他。將輝的房間是邊間又在階梯旁邊，離開公寓時必須經過將輝房間前方。將輝以為這名女性只是要外出。

然而這是他誤會了。

「——那個，我是今天搬過來的住戶。」

她在將輝面前停下腳步，掛著笑容如此搭話。

髮型是中分黑色長髮的這名苗條女性，客觀來說是美女。即使是看慣美女的將輝，對方也美得令他在內心冷靜呢喃「真是美麗的女性」。

「我叫做藍川桂花。木字旁的桂，花朵的花。雖然時間短暫，不過請多多指教。」

對於「時間短暫」這四個字，將輝不覺得突兀。如前面所述，這棟公寓很多人是以年為單位入住，但是這裡原本是名為「月租套房」的物件，即使有人短期居住一兩個月也不奇怪。

「您客氣了。我是一条將輝，我才要請您多多指教。」

自稱桂花的女性優雅鞠躬之後走向階梯。看來果然是正要外出。

比起容貌，她言行舉止的美更吸引目光，將輝站在房間前方目送桂花的背影。黃昏空氣飄著一股「花朵般的香氣」，輕拂將輝的鼻腔。

◇◇◇

魔法人協進會是達也主導成立的組織。其理念與構想沒被四葉家干涉。

然而絕對不是和四葉家毫無關係。如果沒有四葉家以及贊助者東道青波的影響力，魔法人聯社或是魔法人協進會都不會誕生。四葉家在聯社投入許多資金與人材，也暗中派遣印度次大陸出身的特務進入協進會。

在魔法人協進會臥底的間諜回傳的這份報告，在四葉本家引起不小的騷動。

九月三日，星期五夜晚。

離開日本探索香巴拉的這段期間累積的工作也處理到一個段落，在回復到通常業務的巳燒島做完工作之後，達也在自家放鬆休息。

「達也大人，抱歉打擾了。本家的葉山大人來電，說是要代替當家大人詢問一些事。」

達也讓深雪坐在身旁，並且聽她閒聊的這時候，兵庫告知本家打電話找他。葉山表面上是服侍深雪與達也的立場，從這方面來看和兵庫同級，但現在兵庫將葉山視為本家當家的代理人而表示尊敬。

「知道了。」

達也立刻站起來，前往徹底防範竊聽的通訊室。坐在身旁的深雪理所當然般跟在他的身後。

『達也大人，抱歉打電話找您過來。因為發生了一件必須緊急確認詳情的事件。』

「讓您久等了。」

葉山臉上不是憤怒或擔憂，而是露出困惑的表情。

「請問是什麼樣的事件？」

心裡完全沒有底的達也沒有白費力氣納悶，率直詢問發生了什麼事。

『距離現在約三小時前，英國的馬克羅德卿以及德國的施米特教授抵達斯里蘭卡了。已經確

認沒有造訪魔法人協進會，而是下榻在可倫坡的飯店。』

「馬克羅德卿就算了，施米特教授也一起嗎……」

聽到葉山的說明，達也不禁感到意外。

威廉・馬克羅德深入參與了魔法人協進會的設立。此外斯里蘭卡曾經是大英國協的成員，和英國的密切關係僅次於直到半年前所屬的印度波斯聯邦。即使馬克羅德造訪也不是那麼值得驚奇的事。

但要是德國的卡拉・施米特同行就另當別論。施米特是德國的國家公認戰略級魔法師——「使徒」。如果是在建立同盟關係的西ＥＵ(歐洲聯盟)（歐洲整合失敗，在第三次世界大戰期間分裂為東西兩側，現在雙方處於冷戰狀態）各國就算了，但他和不是西ＥＵ會員國的英國「使徒」馬克羅德共同造訪非會員國，一般來說是不可能的事。

『應該不是達也大人有參與的事件吧？』

「我第一次聽說。」

『這樣啊……』

葉山露出失望與安心交錯的表情輕輕嘆氣。

『達也大人訪問印度的時候，有建議拉什・辛格將軍出兵西藏吧？』

「是的，這是為了避免有人注意到布哈拉遺跡。請問怎麼了嗎？」

『ＩＰＵ出現大規模軍事行動的徵兆。』

「難道目標是西藏？」

『這應該是妥當的判斷。』

達也背後的深雪以詢問的眼神看向兵庫。

兵庫露出客氣的笑容，卻像是有點惋惜般微微搖頭。ＩＰＵ決定實際進行軍事作戰，對他來說也是出乎預料的展開。

『確認達也大人不會涉入這個事件，屬下就放心了。抱歉在這麼晚的時間打擾。』

視訊電話的螢幕映出葉山恭敬行禮的畫面之後變黑。

葉山道別時不經意說出的那句話。達也沒誤會話中的意思。葉山在叮嚀達也不能涉入ＩＰＵ出兵西藏的這件事。

◇◇◇

有人說，人生充滿驚奇。

也有人說，世間不如意事十之八九。

然而既然森羅萬象都以因果律連結，能夠預測的事件就絕對不算少。

九月四日，星期六。一則震撼的新聞傳遍全世界。

現代四大國之一的印度波斯聯邦突然向西藏政府宣戰。

通常來說，宣戰布告不會毫無前兆就進行。會先進行敵對性質的外交交涉，下達最後通牒或是類似的通知再開戰，而且宣戰布告的規約大多不會被遵守。不過這次完全沒有這一類的外交交涉，不只如此，還是在軍事侵略之前老老實實地宣戰。

但即使宣戰這個行為本身無法預測，動員大軍的行為本身也瞞不住。配合ＩＰＵ的行動，大亞聯盟也派遣大型部隊前往西藏與ＩＰＵ國境。

這就某方面來說正中ＩＰＵ的下懷。因為ＩＰＵ出兵標榜的名義是「和西藏正統政府聯手打倒大亞聯盟的傀儡政權解放西藏人民」。西藏眾所皆知是大亞聯盟的屬國，名義上卻仍然是獨立國。但因為大亞聯盟在戰爭開始之前派遣大軍，所以在形式上成為了ＩＰＵ聲明的狀況。ＩＰＵ想必是為了打造這幅構圖，才會遵循如今幾乎有名無實之國際公法的規定吧。

在這個大規模的驚人事件帶動之下，達也這邊也迎來一個就某種程度來說早已預料到的小規模驚人事件。

由於時差的關係，ＩＰＵ宣戰的新聞是在正午過後傳來日本。這天達也在町田的魔法人聯社事務所處理行政工作，吃完午餐回來之後以桌上的終端機收看這則新聞。

深雪與莉娜在調布的自家。藤林與真由美在伊豆的魔工院。現在聯社的事務所裡，除了達也就只有兩名女性事務專員。

雖說是事務員，卻是服侍四葉家的魔法師。

她們兩人是兵庫父親——花菱但馬管家派遣的後勤專家。

達也待在個人辦公室時，對講機通知有客人來訪。事務員告知訪客姓名詢問是否面會。達也指示帶領客人到他現在所在的房間。

事務員敲門之後從外面開門。在她背後看得見客人的身影。這名訪客是好久不見的熟人。

「風間上校，請進。」

達也從辦公桌深處起身邀風間入內。達也和真田經常見面，和風間卻有半年以上沒見面了。個人辦公室擺了一套小小的會客沙發組。達也邀風間到沙發坐。等待風間坐下之後，達也也坐在他的正對面。

事務員在這個時間點端茶過來。在這間事務所工作的時候，達也一般會自己準備飲料，也沒讓深雪幫忙泡茶。但是有訪客的時候就不一樣，必須營造出某種程度的權威。

此外，因為這個職場只有女性事務員，所以為訪客端茶成為她們的工作，不過在巳燒島的恆星創能總公司也經常由男性祕書端茶。

——言歸正傳——

在簡短閒聊之後，風間以不經意的語氣進入正題。

「達也，IPU向西藏宣戰的新聞，我想你應該也知道了。」

房內只剩下他們兩人之後，風間就不是以「司波先生」或「司波常董」稱呼，而是和以前一樣稱呼「達也」。

「是。在上校過來之前，我一直在看這則新聞。」

這應該是刻意使然，但是達也不在意。不對，應該說不在乎。不會心軟，也不會產生反感。他的心不會因為稱呼方式改變就被打動。

「本官將以觀戰武官的身分被派遣前往當地。」

「這是一份重責大任，恭喜您。」

達也也知道觀戰武官在現代的意義。身為軍人，這項任務能為自己的資歷大大加分。他的賀詞包含了這個意思。

「這次不只是各國派出觀戰武官，為了監視戰爭犯罪，也會組織國際性的文民監視團。」

「文民監視團？這樣沒問題嗎？」

文民不得參加戰爭。這是從以前就沒變的戰爭準則。在戰爭中，除了擁有交戰資格的軍人，其他參與戰鬥的人都不會受到任何保護。實際上會顧慮到國際輿論所以不會這麼殘忍對待，但是極端來說別說被處以私刑，即使被拷問或是虐殺也無從抱怨。

「聽說監視團的安全萬無一失。當然不能說毫無風險，不過參加者也有做好心理準備吧。」

「應該不是盲信的和平主義團體吧……？」

標榜和平主義的武裝勢力從以前就不稀奇。即使在這個戰後的世界，也有許多武裝游擊隊宣稱要為了贏取和平而持續抵抗。

「這一點不用擔心。接受入境的ＩＰＵ會確實檢查身分。這是現在表明參加的成員名單，要看嗎？」

今天的風間不是穿軍服，是織入熱電素材的高性能西裝。外套是雙面設計，可以在夏天用來散熱，冬天用來保暖。相對的，價格是普通西裝的十倍左右。即使如此，相較於開發當初也已經大幅降價，如今比超高級名牌西裝還要便宜。

風間從西裝口袋取出的不是終端裝置，是摺疊的紙張。如果不考慮資料的更新只是要製作一覽表，使用紙張的便利性也不算少，所以不能一概稱之為落伍。

達也說「容我拜讀一下」收下風間遞過來的紙。

打開摺疊的紙張之後，達也稍微睜大雙眼。

上面列出的是連達也都無法維持撲克臉的名字。但他的表情比起「怎麼可能」更像是「原來如此」。

名單最上方記載威廉・馬克羅德的名字，接著是卡拉・施米特的名字。

「不只是馬克羅德卿以及施米特教授，其他參加者也有半數以上是有名的魔法師……」

達也認識名單所記載半數以上的名字。雖然沒包含日本人，卻都是知名的魔法師——此外大概是顧慮到風間，達也沒把「魔法師」說成「Magist」。

「但是從這些成員來看，會不會被誤解魔法師想要假借文民的名義介入戰爭？」

達也表達的擔憂絕對不是反骨的意見，或許世間具有這種看法的人占多數。

「這個誤解只能以實際的行動解開吧。」

風間也間接承認達也點出的問題點。

「不過你看名單就知道，監視團不必擔心被捲入戰火而犧牲。」

對於這句話，達也沒能提出異議。雖然心想「風險不是零」，卻同時覺得可能性沒有大到需要說出口。

「其實接下來才是正題。」

「我洗耳恭聽。」

風間與達也的視線在空中不是交會，是衝突。風間的語氣沒有特別變化，但是達也在這個階段就知道，風間即將說出的「正題」對他來說不是好事。

「可以參加這個文民監視團嗎？」

風間這句話沒說是「誰」，但達也沒反問「是在說我嗎」。這種事不用問也顯而易見。

「我沒這個意願。」

取代反問給予的答覆很單純。不是「容我婉拒」或「不方便」，是沒有說服餘地的拒絕。

「這是來自國防軍的邀請。」

「我拒絕。」

「……方便告知理由嗎？」

風間的語氣變得有點軟弱。

「本家目前禁止我出國。」

達也的語氣也稍微緩和做為呼應。

「這邊會負責說服四葉本家。這樣的話你願意答應嗎？」

「到時候我再重新請教細節。」

但是緩和的只有語氣，達也在態度上沒有妥協。

「知道了。我之後再來。」

「您隨時都可以過來。先不提是否接受，歡迎您的來訪。只要事前聯絡一聲，我可以設席款待。」

「這樣啊，我很期待。」

風間這麼說完之後起身。

達也不只是送風間走出房間，而是在事務所出口目送風間離開。

隔天是星期日，風間立刻和真夜面會。不過他只是陪同。場所不是四葉本家，是東京都內一流飯店的餐廳包廂，時間是晚餐時段。而且前一天不是由風間，是由參謀總部長明山親自打電話邀約面談，再由真夜指定場所與時間。

「——我知道您的意思了。但是無法只以一己之見給您答覆。」

明山希望派遣達也加入文民監視團，真夜對他的邀請是這麼回答的。

「四葉女士的意思是說，並不是您禁止司波先生出國嗎？」

明山從剛才就將達也稱為「司波先生」，將真夜稱為「四葉女士」。

「我們的背後都有贊助者，總部長閣下您應該知道這件事吧？」

被暗示幕後存在著四葉家無法違抗的掌權者，明山露出錯愕的表情。

「難道說……四葉家受到東道閣下庇護的這個傳聞是真的嗎……？」

「哎呀，但我覺得這件事應該很有名吧。」

真夜露出不帶笑聲的笑容。

「如您所說，達也是被東道閣下禁止出國。」

「這樣啊……」

「所以監視團這件事，也請您先獲得東道閣下的許可。只要東道閣下准許，這次的事情應該也可以答應。」

「——知道了。我會去徵詢東道閣下的意向。」

明山以緊繃的表情這麼說，真夜朝他露出和剛才不同意義的豔麗笑容。

◇◇◇

餐會結束，真也搭車離開飯店。

明山與風間特地來到大門目送。

「……風間上校，接下來由我來處理。」

看著載送真夜的車子駛離，明山向風間這麼說。

「要說服東道閣下，我一個人比較方便行事。何況……也不知道貴官能否獲准晉見。」

「——遵命。」

風間沒反駁。這是自己依然遙不可及的權力高峰，不對，是深淵。他有這個自知之明。

「原本想請貴官留在日本說服司波先生，但是沒這個必要了。上校，做好出發準備了嗎？」

「完成了。」

「已經有國家派觀戰武官進入ＩＰＵ了。貴官也儘速出發吧。」

「遵命，總部長閣下。下官明天就出發前往ＩＰＵ。」

「這樣啊。拜託了，上校。」

「下官一定會回應您的期待。」

風間如此回答，以軍禮向明山敬禮致意。

【3】虛實反轉

蘿拉．西蒙位於死亡深淵。到今天是第三天了，她滴水未沾，粒米未進。

她斷食不是為了減重，也不是為了美容。是魔法儀式的一環。蘿拉從一週前就開始摸索各種方法，要把融合到自己精神的「巴別」從魔分離出來。她嘗試自己所知的各種魔法手段之後得出結論，將自己逼入假死狀態是唯一解。

不過如果單純成為假死狀態，只會讓傳授遠古魔法「巴別」的從魔離開。飛走的從魔會回到「導師之石板」，「巴別」將成為其他魔法師的魔法。為了以理想形式繼續利用這個遠古魔法，即使成為假死狀態也必須保持可以簽訂「使魔契約」的狀態。

因為斷食而流失體力，為了準備簽訂「使魔契約」而磨損精神力。蘿拉的身心消耗至極。

她的意識已經從現實游離。眼睛與耳朵的原本功能也都停止。她現在身處於幻境之中。

被灰色雲霞封閉的黃昏世界。

在這個連自身形體都逐漸模糊的夢幻世界，她終於和古代魔法文明打造的從魔相見了。

「蘿拉，感覺怎麼樣？」

「閣下……」

狄恩低頭看著躺在床上的我——認知到現狀之後，蘿拉連忙想要起身。

然而這個動作被狄恩的手制止了。失去力氣的蘿拉身體無法違抗他的手臂。

「……閣下。非常抱歉，勞煩您這麼照顧我……」

蘿拉想要撐起身體，隨即發現自己正在打點滴。看來自己沒能抓準身心的極限。蘿拉理解到這一點。

「不用在意。救護的並不是我。」

聽到狄恩這麼說，蘿拉察覺到床的另一側有一個人影正在待命。是東洋血統的年輕女性。大概是護理師吧。也可能是女醫生。

「安排治療的是朱大人。下次見面的時候妳也要道謝啊。」

這裡說的朱大人是西岸華僑的要人，美國洪門的幹部朱元允。狄恩他們現在的祕密居所也是朱元允安排的。

「遵命。」

「話說回來，那個魔法的事情還順利嗎？」

「是的。那個，閣下……」

「詳情明天再聽妳說，今天好好休息吧。」

蘿拉要訴說某件事的時候，狄恩打斷她的話語命令她休養。

「……遵命。」

自知現在身心虛弱的蘿拉乖乖聽從這個命令。

◇ ◇ ◇

溫哥華，當地時間九月七日上午。

「蕾娜，記得之前在沙斯塔山出土的白色石板嗎？」

FEHR的領袖蕾娜．費爾，聽到組織裡擔任顧問角色的夏綠蒂．甘格農提及這個話題。

「當然記得。應該說我就算想忘也還忘不掉喔。」

蕾娜的語氣像是在發牢騷，以她平常的個性來說很罕見。總之，她想發牢騷或許也是理所當然吧。那塊白色石板害得蕾娜白白浪費了上個月前半的時間。具體來說是被當成聯邦軍軍官潛入IPU的掩護，直到回國之前都被留置在該國。蕾娜個人甚至想說那些日子根本是「被帶到外國拘留」。

「聽說那塊石板隱藏了地圖。」

「這我知道。所以我們才會被留置在ＩＰＵ長達兩週。」

蕾娜現在是隨時都會鼓起臉頰的表情。不只是實際年齡，以外在年齡來說，這種行為也過於幼稚，所以並沒有真的這麼做，不過和她純真的氣息或許意外相稱。

「沙斯塔山附近嗎……？到底是誰這麼說的？」

「不，並不是中亞的地圖。聽說還隱藏了另一種位於沙斯塔山近郊遺跡的地圖。」

蕾娜收起不悅表情，疑惑反問。

「傳聞的出處不得而知。傳聞本身也是只有知道石板存在的人才能理解的內容。」

「……暗號之類的？」

「不。傳聞的內容是這樣的：『白色石板藏有兩張地圖。一張是海的另一頭，另一張地圖是導向這座山附近埋藏的寶物。』」

聽完甘格農的說明，蕾娜的表情愈來愈疑惑。

「裡面提到的『這座山』應該是沙斯塔山，這麼想比較自然……如果這個傳聞是真的，那就確實是妳說的那個意思了……」

蕾娜稍微歪過腦袋，然後大幅搖頭兩三次。

「所以，最重要的那塊石板現在在哪裡？」

「目前是當成證物交給舊金山市警保管。」

舊金山市警沒有公布「地圖之石板」從證物保管庫失竊的壞消息。甘格農當然也不知情。

「既然這樣，就無法確認石板是否真的藏有地圖了。雖然這個傳聞令人在意，但是我們應該做不了什麼。」

蕾娜露出死心表情暫且這麼說。

「……不，還是不要置之不理吧。」

但她立刻推翻自己的發言。

蕾娜的眼睛泛出淺淺的金光。

眼睛的這個顏色是她的「力量」活化的證據。

「妳『感覺到』什麼了嗎？」

甘格農見狀低聲這麼問。

蕾娜否定自身的預知能力。但是甘格農確信蕾娜能以某種手段窺視未來。預知──如果不是預見未來，或許是預言。

超越人智的存在輕聲告知未來。這是很適合「聖女蕾娜」這個別名的能力──即使她本人予以否定。

「雖然只是直覺，但我覺得要是對這個傳聞置之不理，將會演變成巨大的災禍。」

「那要怎麼做？」

「派遣調查隊前往沙斯塔山吧。這次我也加入調查。」

蕾娜說著按下內線通話的按鍵。「我是蕾娜。路易、遼介，有空的話請來我的房間。」她朝著麥克風這麼說。

關掉麥克風不到一分鐘，短短數十秒後就有人敲響房門。

「——我是遼介。請問可以進去嗎？」

蕾娜與甘格農轉頭相視。這棟建築物不算大，即使如此也來得太快了。這速度簡直像是一直在等待蕾娜的傳喚。

「請進。」

蕾娜許可進房之後，遼介迅速但沒發出粗魯的聲音打開門，然後以光是旁觀就看得出很努力克制興奮心情的腳步前進，站在蕾娜面前。

「在下聽從呼喚前來報到了。Milady，有任何事請儘管吩咐。」

「那個，總覺得你今天格外……老派耶。」

蕾娜明顯覺得不敢領教。她斜前方的甘格農輕聲說著「唐吉軻德……」，但是遼介對兩人的反應都不在意。因為他聽不懂甘格農這句呢喃的意思，而且無論被蕾娜怎麼說，他的忠誠都像是鑽石般堅固。

「那個，等到路易來了再說，所以請坐下來等吧。」

聽到蕾娜的指示，遼介回應「知道了」自行從牆邊搬椅子過來坐。

晚了遼介約兩分鐘，路易來到房間了——就算這樣也十分快速。

首先甘格農向遼介他們說明傳聞，然後關於沙斯塔山的遠征，蕾娜徵詢遼介與路易的意見。

「請務必讓我同行！」

但是遼介回覆的不是意見。

甘格農毫不掩飾嘆了口氣。

「……和Milady一樣，我也認為不應該置之不理。既然Milady要親自前往，除了我與遼介以外，要不要也帶夏斯特里小姐一起去？」

路易．魯這邊提出了具體的意見。

「帶愛拉一起去嗎？」

「她很強，而且不同於我與遼介是女性。」

「說得也是。蕾娜需要有人護衛。」

甘格農同意路易．魯的說法，勸蕾娜讓愛拉參加。

「……知道了。我晚點確認愛拉方不方便。然後……」

蕾娜中斷話語思考。但是沒有花費太多時間。

「夏莉，先前的私家偵探……菲爾茲小姐，請聯絡她詢問能否再請她為我們工作。」

「知道了。」

甘格農在回應的同時起身，走出蕾娜用為辦公室的這個房間。

遼介與路易・魯也隨後離開。

「如果只是我多心就好了……」剩下自己一個人的蕾娜輕聲這麼說。

她沒察覺自己的這句呢喃。

蕾娜他們在溫哥華討論沙斯塔山調查計畫的同一時間。

在列治文的祕密居所，蘿拉向狄恩說明這一週的成果。

「……那麼已經成功將『巴別』分離出來了嗎？」

「是的，閣下。我讓『巴別』的從魔寄宿在這顆石頭。」

蘿拉說完撩起頭髮露出左耳。

有一顆大大的血石看似耳窩內耳環（外耳中央附近的軟骨耳環）般戴在該處。形容為「看似」是因為並非以扣具——耳針（耳釘）與鎖珠固定在耳朵，而是血石直接黏合在耳朵。

「喚醒從魔需要五分鐘左右，但是一旦喚醒，以簡短的咒語就能行使法術。考慮到『巴別』的用途，這種形式應該不成問題。」

「這樣啊。妳做得很好。」

「得到您的誇獎，在下深感無上的喜悅。」

狄恩以笑容慰勞，蘿拉恭敬低頭致意。

朱元允派來的護理師在昨晚的時間點就回去了。現在這個祕密居所只有狄恩與蘿拉兩人。這麼一來三餐與茶點的準備就是蘿拉的工作。

「也好久沒喝妳泡的咖啡了。」

即使剛從鬼門關回來，今天的早餐也是由蘿拉做了兩人份。不過終究只有簡單的菜色。而且狄恩正在喝的咖啡以及桌上的茶點也都是蘿拉準備的。只是先不提早餐，這杯「咖啡」有點特別，是狄恩泡不出來的飲品，所以由蘿拉擔任咖啡師也在所難免。

「請問這週的狀況有變化嗎？」

蘿拉坐在狄恩的正對面發問。

「沒有特別的變化。」

「這樣啊……」

雖然不到失望的程度，但蘿拉以略感乏味的表情喝起自己的咖啡。這杯咖啡混入「魔女的祕藥」，可以補給消耗的精氣——說得淺顯一點就是具有協助「魔力」回復的效果。對於現在的蘿拉來說不是因為嗜好而喝，是在實用層面必備的飲品。

「不過有一個有趣的傳聞。」

「傳聞嗎？到底是怎麼樣的……？」

「據說超古代文明雷姆利亞的都市埋在沙斯塔山的地下。」

嘲笑般的語氣以及酸溜溜般扭曲嘴角的笑容，都顯示狄恩把這個傳聞完全視為胡說八道。

「今年好像在沙斯塔山的山麓挖出那座都市的路線圖。」

「路線圖……是地圖的意思嗎？」

「這裡的路線圖，應該是在說白色石板吧。肯定是為了將挖到石板的我們引誘出來，由州警或是FBI散播這種傳聞。無聊。如果是亞特蘭提斯就算了，雷姆利亞大陸以及姆大陸之類的傳說，早就確認是近代創作的東西。這種明顯的陷阱有人踩才奇怪。」

狄恩以徹底瞧不起的語氣不屑地這麼說，沒察覺蘿拉正在以嚴肅表情思考。

「閣下，請等一下。」

「怎麼了，蘿拉？覺得無聊透頂嗎？但這可不是我說的，單純是突然出現這種傳聞。」

「不，我當然不相信什麼雷姆利亞的都市，卻無法否定沙斯塔山一帶可能埋藏魔法性質的遺跡。」

「……有什麼根據？」

狄恩依然是半信半疑的表情，看起來卻不再是完全當成胡說八道而一笑置之。

「和從魔簽約的時候，雖然很微弱，但我接觸到那塊『導師之石板』製作者殘留的意念。」

「殘留意念嗎？這我不懂，但是既然妳這麼說，那麼應該也有這麼回事吧。所以妳知道什麼了嗎？」

狄恩沒有貿然不懂裝懂，同時以大牌態度催促她說下去。

「那塊石板製作者的悔恨滲入從魔。」

「悔恨？」

「是的。剛製作完成的石板沒能在戰鬥裡成為助力就必須埋進地底的悔恨。」

「……等一下。」

蘿拉這個報告的資訊量出乎預料地多，所以狄恩需要一點時間整理。

「石板的製作者當年在和某個對象戰鬥嗎？」

「我是這麼感覺的。但是不知道在和什麼對象戰鬥。」

「『導師之石板』從一開始就是為此而製造的武器？」

「嚴格來說，我認為應該是將記錄『巴別』這個武器的工具分發給戰鬥要員的魔法師。」

「嗯……」

狄恩感到意外，但他立刻想起自己也猜不到「巴別」與「導師之石板」除了當成武器還有什麼用途。其實從製造的當初就是這種用途，如此而已。他換個念頭認為自己的意外感不太對。

「但是『導師之石板』沒被用在那場戰鬥就被埋起來了，是吧？」

「應該是這樣沒錯。換句話說，製造那塊石板的場所，距離埋藏的場所可能沒有太遠。」

聽到這個提醒，狄恩的眼睛發亮。

「意思是有工坊的遺跡嗎？」

「您說的是。」

「既然這樣，那裡不就殘留著『出貨前』的聖遺物或是聖遺物的材料嗎？」

「這個可能性很高。」

「說得也是……」

狄恩開始思索。他沉思的時間超過一分鐘。

「……所以說那個傳聞也不是完全造假？」

狄恩輕聲這麼說的音量以自言自語來說有點大。

蘿拉判斷這個問題不是在問她，等待狄恩說下去。

「蘿拉，為求謹慎，幫忙確認石板是否藏有沙斯塔山附近的地圖。」

十六塊石板組合起來會出現像是地圖的東西，這是蘿拉已經查明的事實。但她不知道這是哪裡的地圖。如果這是沙斯塔山附近的地圖，肯定只要看地形就知道。所以如果正如傳聞所說隱藏著地圖，就是蘿拉沒查出來的地圖。

對於蘿拉來說，這個命令以某種意義來看是在懷疑她的能力。但她完全沒有表露不滿，回應「遵命，閣下」恭敬低頭。

◇◇◇

九月八日早晨。達也位於四葉本家。

這天依照他的行程表是要到巳燒島出勤，但他還待在調布自家的時候，突然接到電話受命前去報到。

VTOL的目的地變更為四葉家家族企業經營的小淵澤停機坪，經由直通四葉家「村莊」的祕密地下道，達也在九點前造訪本家。

「達也，你知道最近美國西岸魔法界之間散播的傳聞嗎？」

完成最底限的問候，真夜早早說出這個話題。

「——不對，與其說是魔法界，應該說是超自然界才對吧。」

「超自然嗎？」

達也疑惑反問，露出「為什麼聊起這種話題」的表情。

隨著魔法理論的研究逐漸進行，「魔法」與「超自然」在世人的認知之中逐漸不同。如今不會把魔法視為超自然現象。

「是的。不過正經的魔法研究者好像都沒有認真看待。」

「請問是哪種內容的傳聞？」

雖然達也對於超自然現象也沒有偏見，老實說卻沒什麼興趣。不過既然是真夜找他過來當話題聊的傳聞，應該具有某種意義吧。如此心想的達也詢問傳聞的內容。

「內容是這樣的，超古代文明雷姆利亞的都市沉眠在沙斯塔山。」

「沙斯塔山的古代遺跡嗎……」

達也不由得輕聲自言自語。

「達也，這不是你放出的傳聞吧？」

達也理解自己為何突然被叫來本家了。

「不是屬下。屬下只告知USNA說，習得『巴別』的蘿拉·西蒙從偷渡入境的日本返回美國。」

「我覺得這個警告也沒必要就是了……總之我知道這個問題傳聞和你無關了。」

達也不發一語微微低頭。因為他總覺得在這時候說「謝謝」也怪怪的。

「不過，這下子傷腦筋了……」

真夜說完短短嘆了口氣。

「屬下有同感。」

達也雖然沒嘆氣，卻以類似的語氣附和。

「把傳聞當真開始挖掘的好事之徒肯定會出現吧。不能說偶然發現遺跡的風險是零。」

真夜一副「傷腦筋」的表情。看來即使認知到香巴拉遺跡被發現的風險，也沒把事態看得太嚴重。

「如果只是好事之徒還算好。」

達也皺起眉頭。他比真夜更嚴肅看待這個狀況。

「美軍已經解析白色石板，大致把握了烏茲別克遺跡的位置。他們相信香巴拉真實存在，甚至派遣STARS隊員前往當地。」

「你認為美軍可能會去找沙斯塔山的遺跡嗎？」

「是的。而且不只是美軍。FAIR在毫無線索的狀態，就從沙斯塔山的無名洞窟挖出『導師之石板』。也不能無視於他們成功發現遺跡的可能性。」

達也可以鎖定對象看透其情報，卻無法只靠著模糊的興趣或關心就自動收集必要的情報。他的「精靈之眼」不是「神之眼」。不是神的達也當然不是全知全能，距離全知也差得遠。

——放出這個傳聞的是STARS。

——「地圖之石板」現在落入FAIR手中。

現在的達也不知道這兩件事。

但即使不知道所有背景，也可以感受到危機而擬定對策。這是人類的智慧。不只是達也，真夜也具有這份智慧。

「……達也，你認為需要飛往當地一趟嗎？」

「屬下認為至少需要派遣光宣。這麼說有點過意不去，但是只有當地特務的話不太可靠。」

「呵呵，沒關係的。不需要昧著良心說話。」

真夜笑了，達也維持撲克臉。

「我很想立刻准你出發，但是必須得到東道閣下的許可。」

真夜的笑容帶著困惑，應該是考慮到說服東道的難度吧。

「姨母大人，屬下想要先主動前去說明。」

「由你主動……？」

真夜和葉山轉頭相視。

達也不知道葉山是元老院的統治者，從真正的意義來說，他不曉得兩人這麼做的意義。位於這裡的他只覺得是主僕感到困惑而轉頭相視。

「……你有門路嗎？」

別說得到許可，要和東道交談本身就是難事。真夜還沒將聯絡東道的手段傳授給達也。

「屬下想要拜託師父——九重八雲師父。」

對於真夜隱含這份擔憂的問題，達也是這麼回答的。

◇◇◇

「……就是這樣，所以我接下來要去師父那裡。」

在中午前返家的達也，向露出擔心表情等待的深雪說明他和真夜交談的內容並且如此告知。

「兵庫先生，請取消今天的預定行程。」

然後命令兵庫調整行程。

兵庫回應「遵命」前往通訊室。

另一方面，深雪留下達也表示要準備午餐，希望達也等她。

中午的新聞報導ＩＰＵ與西藏正統政府的聯軍正在大吉嶺地區的國境地帶，和大亞聯軍展開

一進一退的攻防戰。

「西藏政府軍不參加防衛戰嗎？」

擺好料理就坐的深雪，在用餐時稍微歪過腦袋詢問達也。

「現在的西藏政府只有防衛首都不被叛亂勢力入侵的戰力。大亞聯盟不准他們擁有更強的軍力。」

達也回答的內容不是以特殊管道取得的情報。只要對於世界的軍事情勢略感興趣就查得到。

「ＩＰＵ還真是慎重。還以為他們會更強迫部隊進軍。我原本猜想會在宣戰的同時發動閃電戰進逼拉薩。」

一如往常到了用餐時間就來吃深雪料理的莉娜說出以上的感想。

「看來相當在意國際輿論。」

達也對於「真是慎重」這個說法也有同感。

「話說達也，這場戰爭可以置之不理嗎？要是布達拉宮的地下被調查就不太妙吧？」

聽到莉娜這個問題，達也稍微皺眉。

「畢竟那時候還不知道布達拉宮的地下有那麼重要的遺跡吧。」

雖然莉娜沒察覺達也從表情反映的內心，但她這句話帶著同情之意。

前往布哈拉遺跡的時候，為了轉移ＩＰＵ軍的注意力，達也向當時在當地認識的拉什・辛格將軍說「西藏首都拉薩市的布達拉宮地下有大量聖遺物的反應」慫恿他出兵。現在率軍前往西藏的ＩＰＵ司令官就是這位辛格將軍。ＩＰＵ這次的軍事行動明顯是以達也這段話為契機。

「ＩＰＵ應該也不會破壞布達拉宮，把宮殿座落的山丘全挖一遍吧。只能期待遺跡的管理人有準備什麼隱蔽的手段……」

達也回應莉娜的聲音很苦澀。他真心覺得後悔自己在這件事的言行過於輕率。

吃完午餐之後打電話，八雲爽快答應達也「晚點想見個面」的要求。

達也造訪他擔任住持的九重寺時，沒有像以前那樣接受考驗（過去也曾經在通往山門的階梯被八雲本人襲擊），由徒弟帶領進入八雲所在的正殿深處房間。

達也為這次的突然造訪致上歉意，為八雲願意撥空致上謝意。

八雲笑著接受，詢問達也本次的來意。達也總覺得在開口之前就被看透，但還是心想「以往總是這樣」決定不在意。

「想拜會東道閣下和他談談啊……」

八雲朝達也投以試探意圖的眼神。

「可以說明理由嗎？」

「我想請閣下解除我的出國禁令。」

「為了什麼事？」

關於達也被東道禁止出國，八雲沒表示關心。看來他早就知道了。

「……告訴師父您應該沒問題吧。但是不需要我特別強調……」

「要守口如瓶是吧，這我明白。」

聽到八雲以這麼輕浮的語氣承諾，一般來說反而只會激發不安。但是達也知道這是八雲平常的調調。而且站在單方面（對方得不到任何好處的意思）提出委託的立場，達也沒有「不回答八雲的問題」這個選項。

「師父您知道美國西岸的沙斯塔山嗎？」

「是被視為原住民的聖地，海拔四千公尺級的火山吧。從以前就傳聞那座山隱藏了各種『就我們看來』深感興趣的東西。」

「……不好意思。請問您說的『傳聞』是從什麼時候開始存在的？」

「嗯？哪有什麼時候，就是以前。我是在二十多年前知道這個傳聞。這又怎麼了？」

八雲從達也這個問題感覺到他藏不住的焦急心情，露出疑惑的表情。

「沒事。其實最近傳開的某個傳聞和我要談的事情有關。」

在八雲眼中，達也身上氣息的焦急成分消失了。

八雲以視線催促達也說下去。

「──沙斯塔山埋藏香巴拉的遺跡，裡面保管了匹敵戰略核武的危險魔法遺物。為了封印這個遺物，我必須去美國一趟。」

說出這段話之前的短暫停頓，反映達也內心的猶豫。

「香巴拉？是喔……達也你發現了香巴拉的遺跡嗎？」

八雲即使聽到「香巴拉」，也沒做出懷疑其存在的反應。

反倒是達也對此感到意外。

「……師父早就知道香巴拉真實存在是吧。」

「我不知道位置。但是被稱為香巴拉的某個地方在昔日真實存在，我對此深信不疑。」

八雲沒隱藏自己的好奇心。

看來如果沒滿足他的好奇心，話題就無法進展下去。

理解這一點的達也，說明「香巴拉」是由魔法師保持生活環境，藉以逃離冰河期嚴酷環境的避難用都市。

「以魔法維持的理想鄉嗎……」

「我不會斷言這是唯一的真相，是我從遺跡殘留的情報導出的推測。」

「不，我認為你的解釋沒錯。」

面對不發一語微微低頭的達也，八雲輕輕發出聲音思索某些事。

「打造出都市規模避難所的魔法技術是吧……元老院那些人大概會成為看見貓草的貓吧。」

八雲說出失禮的比喻，輕聲一笑。

「沙斯塔山有香巴拉的遺跡，你是怎麼知道的？」

「我在布達拉宮的地下查到線索。」

「西藏首都拉薩的布達拉宮嗎？那裡確實也是有各種傳聞的場所。但是這麼一來……」

八雲再度思索。

這次遲遲沒有回神，所以達也說了聲「師父」吸引他的注意。

「……啊啊，抱歉抱歉。嗯，我知道了。」

「那麼？」

「我問問閣下是否方便吧。畢竟事情非同小可。應該不會讓你等太久。」

「謝謝師父。」

八雲的態度像是隨口打包票，但是達也對這句話深信不疑。

◇　◇　◇

被叫去四葉本家的隔天，達也在巳燒島以恆星創能的社長身分處理業務，其中也包括昨天取消的份。

關於公司經營這方面，僱用了許多專業人員。但是達也不打算只當個掛名社長。至少不會不看簽呈就蓋章。即使無法親自訂立經營策略，也努力想理解送到他手邊的文件內容。

其實達也想要專心做研究，但他的目的不是開發魔法的新用途本身，還包括要將魔法的新用途普及成為可以獲利的事業。使用魔法的事業如果成為社會所需，非魔法師的多數派也會捨不得把魔法師當成兵器消耗。為此達也不能讓恆星爐事業在自己不知道的地方受挫。

達也或許將世間看得太過悲觀。他完全沒想到可以從人道理念確立魔法資質擁有者的權利，認為只有展現利益才能推動大眾改變社會。

所以無法完全交付給其他人——這應該是他的年輕使然吧。達也已經是「成人」，卻絕對不是「成熟的大人」。

所以他一大早開始就忙碌工作。在午後偏晚的時分，太陽大幅西下的時候，一通國際電話打給達也。

『先生，抱歉在百忙之中打擾您。』

在視訊電話螢幕登場的人是ＩＰＵ的錢德拉塞卡。

「不會，我現在沒那麼忙。」

達也的回應隱含「錢德拉塞卡您應該比較忙吧」的意思。ＩＰＵ正處於戰爭當中，而且實質上是和大亞聯盟正面衝突。因為不是賭上本國的領土，所以應該不會演變成總力戰，但也肯定不只是小規模戰鬥的程度。

錢德拉塞卡目前在形式上是平民，不受軍方管轄。但她是戰略級魔法的開發者，也是ＩＰＵ最頂尖的魔法學者。只要魔法被當成兵器投入這場戰爭，她就不可能置身事外。

錢德拉塞卡似乎也理解達也這句話裡沒有明說的部分。

『那就好。我這邊也還沒那麼忙。』

她暗示接下來可能會正式開始忙碌。

「這樣啊，辛苦您了。」

『只要知道接下來會有令人雀躍的研究材料在等我，這份辛苦就是為喜悅加味的香料喔，先生。』

「您是說布達拉宮地下的聖遺物嗎？」

達也想要裝傻，但是辦不到。布達拉宮地下有強烈的聖遺物反應。先前這樣引誘錢德拉塞卡的就是達也自己。

『是的。先生，解放西藏成功之後，要不要一起進行挖掘調查？』

「可以嗎……？」

困惑與慌張接連襲擊達也。他將這一切克制在心底，將困惑替換為對於天降好運的為難，將慌張替換為等不及的好奇心，在視訊電話的鏡頭前面作戲。

『是的，當然可以。如果先生您願意前來，我也會吃下一顆定心丸。』

「為了後續的調查，希望可以盡量不傷害拉薩就成功攻陷。」

『說得也是。即使將挖掘要耗費的工夫置之度外，我也希望盡量以被害較少的方式讓對方投降。』

錢德拉塞卡如此回應之後，開玩笑補充說『所以不會動用「神焰沉爆」喔』。

「神焰沉爆」是她開發的戰略級魔法。習得這個魔法成為「使徒」的巴拉特・錢德勒・坎恩正在IPU待命。

要是戰況過熱，他十足有可能被投入戰線。

無關於錢德拉塞卡本人的意願。

共同挖掘布達拉宮地下的這個邀請，達也暫時保留回應，結束和錢德拉塞卡的通話。

如今他正在細細體會「自討苦吃」這四個字。也可以說是「自作自受」。

為了讓當下的探索變得輕鬆，達也沒想太多就說出「布達拉宮地下有聖遺物的強烈反應」慫恿ＩＰＵ攻打西藏，結果實際引發戰爭，不得不擔心重要的遺跡祕密被揭露。

雖說在那個時間點不知道布達拉宮地下埋藏著那麼重要的遺跡，卻難免被批判過於輕率。達也自己有這種感覺而後悔。

即使實質上被大亞聯盟統治，那座遺跡的祕密也保持至今。大亞聯盟及其前身的國家都不可能沒調查過布達拉宮，所以遺跡肯定有某種隱蔽手段。

然而有一點和以往不一樣。因為達也說溜嘴，所以ＩＰＵ得知布達拉宮地下有魔法性質的遺物，應該會非常用心調查吧。只抱著尋寶心態調查的大亞聯盟沒能看透的障眼法，ＩＰＵ或許可以突破。

以「保護布達拉宮地下的香巴拉遺跡」這個觀點來說，ＩＰＵ的軍事行動或許失敗比較好。但是達也基於立場不能妨礙ＩＰＵ軍。

這次的戰爭在形式上是西藏逃亡政府與ＩＰＵ的聯軍對上西藏傀儡政府與大亞聯盟的聯軍。這幾年大亞聯盟的戰力明顯損耗，相對的，ＩＰＵ十年以上沒有經歷大型戰爭，累積軍力至今。

如果是五年前，大亞聯盟的軍事力明顯占優勢。但是在現在的時間點，這層優劣關係恐怕已經逆轉。

只要沒有第三方國家大規模介入，西藏應該會被解放。長年習慣屬國統治的西藏人民是否這麼冀望就另當別論。

那麼為了避免以軍事作戰（為了壓制敵方中樞而攻堅）的名義強制調查布達拉宮，或許應該期許拉薩的統治權能夠和平轉移。為此，接受風間的邀請加入文民監視團也是一個選項。

只是這麼一來會超過自衛的範圍。「為了保護自己的性命與權利」這個說法無法成立。或許會給予新的藉口，讓各國繼續將魔法利用在軍事方面。

愈是思考愈覺得束手無策。達也細細體會的不只是「自討苦吃」以及「自作自受」，還加上「禍從口出」這句成語……

【4】兩座遺跡

蘿拉被狄恩命令解讀「地圖之石板」是三天前的事。

這三天，她解讀了隱藏在石板裡的另一張地圖。沒有使用最新的分析機器或是人工智慧。不是以學術的方法解讀，而是以魔女的做法得到答案。以現代風格來說，就是藉由「接觸感應」和殘留在石板的意念同步，成功讀取意念附帶的記憶。

蘿拉能夠直接讀取石板的情報，並不是因為她是魔女。至少這不是唯一的理由。STARS也曾經嘗試以接觸感應抽取情報，但是並不順利。蘿拉之所以成功，是因為先和同一個製作者所製作「導師之石板」的從魔簽約而累積了經驗。簽約時和從魔「對話」的經驗，輔助她和「地圖之石板」殘留的意念同步。

蘿拉歷經長時間的傳思狀態解讀成功，卻在這時候用盡精力昏迷，直到傍晚才終於為了報告而出現在狄恩面前。

「——沙斯塔山的西北山麓嗎？記得石板是在沙斯塔山西南方的斜坡出土吧？」

聽完蘿拉的報告，狄恩故意露出疑惑表情以挑釁口吻指出問題點。這不是在暗中懷疑蘿拉，是他的個性使然。

「我自認理解閣下您這句話的意思。」

面對狄恩的壞心眼態度，蘿拉也不改穩重的語氣與表情。她和狄恩來往已久。狄恩的那種態度是青少年時代「不能被別人瞧不起！」而虛張聲勢的生活方式養成的習慣。雖然某些場合會隱含真正的惡意，但蘿拉知道現在不是這麼回事。

「兩種石板應該是為了逃離敵人，並且避免敵人知道己方的據點，所以埋在那個場所做為緊急處置。」

「敵人？」

這次狄恩也針對「敵人」這個詞感興趣。

「是的，閣下。記錄『巴別』的『導師之石板』，是隸屬於『解放者』的技師製作的。這個組織對抗的是統治『樂園』的強大敵人。」

「樂園？解放者？那是什麼？」

「是從石板製作者的殘留意念讀取到的概念。『導師之石板』的製作者，以意味著『解放者』的名詞稱呼自己的組織。」

「那麼『樂園』是敵人統治的國家嗎？」

「是的，閣下。」

「……雖然聽不太懂，但是算了。總之那個『解放者』的遺跡真實存在吧？」

「是的，閣下。」

「那座遺跡位於沙斯塔山的西北山麓。」

「是的。從白色石板只查出大略的場所，不過只要接近到某種程度應該就能知道正確位置。如果找到和從魔身上類似的殘留意念，遺跡肯定就在該處。」

「去了就知道是吧？」

「是的，肯定沒錯。」

狄恩雙手抱胸沉思，因為兩人連一步都無法離開這個祕密居所，他沒能立刻想到打破現狀的方法。

在他沉思的時候，對講機告知有訪客。

「閣下，朱大人來訪。」

「……請他進來。」

思緒被妨礙的狄恩壞了心情，但是現在的逃亡生活全面依賴朱元允。狄恩不能假裝不在家，更不可能讓他吃閉門羹。

這個家沒有很大。蘿拉立刻帶著朱元允回來了。狄恩站起來和朱元允寒暄。朱元允在夏威夷出生長大，所以也有「伊恩・朱爾」這個美國名字。寒暄也是美式簡便風格。

「所以，請問今天有什麼事？對我來說，朱大人來訪總是令我倍感榮幸，但您應該不只是來看看我這個愚弟吧。」

「不不不，洛基，我聰明的好兄弟，能夠見到你，我也很高興。但是賢弟你說的沒錯，我今天前來是想問一些事。」

兩人在這時候使用的「弟」這個字，單純只是「年紀較小的男性」這個意思。狄恩還沒有結拜進入洪門。

「要問事情嗎？有什麼問題請儘管問。」

狄恩沒透露戒心，恭敬低頭。

「大亞聯盟正在和ＩＰＵ交戰，洛基你也知道這件事吧？」

朱元允這個問題應該是開場白，狄恩點頭回答「我知道」。

「大亞聯盟現在屈居劣勢，這樣下去ＩＰＵ應該會奪走西藏。」

「這我就不知道了。」

「這對我們來說是賣人情的好機會。雖然跟大亞聯盟之間沒有道義，不過以交易對象來說應該比ＩＰＵ來得好。」

狄恩回應「說得也是」附和，同時略感不解。洪門與大亞聯盟居然是可以斷言「沒有道義」的冷淡關係，他覺得滿意外的。

「就算這麼說，販售軍火的風險也太高了。」

「這我懂。」

這次狄恩不覺得意外。在這場戰爭，ＵＳＮＡ支持自稱「西藏正統政府」的西藏逃亡政府。這等同於是支持ＩＰＵ並且和大亞聯盟敵對。美國洪門基於立場當然想要避免被ＵＳＮＡ政府盯上吧。

「所以，我想以不顯眼的形式提供戰力給大亞聯盟。洛基，像是『導師之石板』這樣的魔導書，你知道哪裡還有嗎？」

朱元允終於說到話題核心了。「巴別」依照使用方式是能造成敵軍大幅混亂的魔法。朱元允想要這種能夠影響戰局的魔法，想要這種不必長時間訓練就能習得魔法的新石板。

朱元允八成也有聽到沙斯塔山遺跡的傳聞吧，而且肯定從這個傳聞聯想到狄恩他們曾經在沙斯塔山的無名洞窟挖出「導師之石板」，讓神罰魔法「巴別」復活。

簡直像是某人蓄意安排的。狄恩如此心想。正在苦惱要用什麼方法去尋找強力魔法遺物沉眠的遺跡時，就有人前來商討挖掘新魔導書的事宜。

狄恩明知這可能是陷阱，卻還是解釋為一種幸運。

「關於這間祕密居所保管的石板，我想朱大人應該知道。」

「我知道。是和『導師之石板』在相同場所出土的東西吧。但我記得那些石板沒有魔導書的功能。」

「您說的沒錯。我手邊的十六塊石板不是魔導書，是地圖。」

「查出是哪裡的地圖了嗎？」

朱元允眼中隱含好奇的光芒。

「已經知道大略的場所了。正確位置也只要前往當地就能查明。」

「意思是要讓洛基你以及西蒙小姐參加搜索是吧。我知道了。我會盡快安排讓你們可以離開這裡。」

美國洪門在USNA的華人社會具有強大的影響力，同時也意味著他們是USNA國內的隱性勢力。朱元允是幹部也是下任會長的最有力人選。即使沒有權力取消狄恩他們的通緝令，也可以在涵蓋市區的監視裝置網製造死角，或是設法讓警方找不到狄恩。

狄恩嘴角忍不住上揚。他好不容易克制想要大呼痛快的心情，說著「謝謝」低頭致意，將事情順心如意的喜悅笑容隱藏起來。

「所以要去哪裡找？」

「沙斯塔山的西北山麓。」

狄恩輕易亮出底牌。與其說是說溜嘴，不如說是「沒有我們就找不到遺跡」的自信使然。

◇◇◇

朱元允造訪狄恩祕密居所的同一時刻。

從溫哥華走陸路前來的FEHR一行人，在沙斯塔山附近的旅館住宿。成員是蕾娜、遼介、路易・魯，以及從IPU派遣過來的愛拉・克里希納・夏斯特里共四人。夏綠蒂・甘格農在溫哥華的總部留守。

一抵達旅館就早早有人來找蕾娜。是私家偵探露卡・菲爾茲，本名小野遙。甘格農聯絡她所屬的偵探事務所，在他們下榻的旅館會合。

遙受邀進入蕾娜與愛拉入住的客房。事先以電子郵件委託的調查工作，她在房內向蕾娜說明結果。

「目前沒有組織在尋找遺跡是吧。」

遙點頭回應蕾娜這句話。

「在沙斯塔山附近走動的人群好像增加了，不過沒發現認真想調查或挖掘遺跡的集團。但我有找到不是前來挖掘，而是前來監視的組織。」

然後聽到遙補充的這段話，蕾娜問「監視嗎？」歪過腦袋。

「是的。似乎是在檢查被傳聞吸引過來的人們身分。」

「他們是誰呢……」

蕾娜這句話比起發問更近似呢喃。她大概不認為遙會調查得這麼詳細。

「推測很有可能是STARS。」

但是遙給她答案了。

「STARS嗎？」

蕾娜在驚訝的同時，只在一瞬間皺眉面露不悅，肯定是因為被STARS的伊芙琳・泰勒耍得團團轉的那兩週記憶掠過腦海。

「接下來也只是猜測，這次的傳聞或許是STARS為了引出某個目標對象而散播的。」

「STARS為什麼要做這種事？」

「或許是成為國防威脅的魔法師想要得到聖遺物。」

蕾娜回想起在無名瀑布後方洞窟挖出石板的FAIR成員蘿拉・西蒙。遙說明的時候應該也有把這件事放在心上。

接下來的情報是聽達也說的，FAIR使用黑色石板在西岸引發了濫用魔法的事件。雖然達也只說「已經解決」，不過這個事件原本很可能發展成撼動全國的重大案件。

這麼說來，蘿拉與FAIR的洛基・狄恩就這麼受到通緝，至今尚未落網。如果STARS將兩人視為重大魔法恐攻事件的嫌犯，試著要引誘他們現身，蕾娜認為這是很有可能的事。

「您辛苦了。今後請鎖定ＦＡＩＲ的成員為對象繼續監視。」

「知道了。若您希望提高監視的精度就需要增加人手，請問您意下如何？」

雖然統稱為「沙斯塔山附近」，範圍卻很廣。現在僅止於竊聽警方的無線電，找出不像是觀光客的旅人。

「……這部分麻煩維持現狀。」

蕾娜也知道這個委託只交給遙一個人過於吃力。但是增加人手就會增加成本。ＦＥＨＲ不是擁有充沛預算的政府組織，只不過是小規模的民間團體。經過伊芙琳的事件，聯邦軍撥出預算透過STARS支付「慰撫金」，所以目前手頭還算寬裕，不過以組織原本的財力來說，光是長期僱用一名私家偵探就是沉重的負擔。

大概是察覺ＦＥＨＲ的財務狀況，遙很乾脆地接受了蕾娜像是過意不去的這個要求。

◇　◇　◇

魔法大學的新學期開始之後的第一個星期日。將輝早上就到大學的社團露臉，將近傍晚才回到公寓。

因為家庭用自動調理機的普及，所以開伙的門檻至少在廚藝這方面降到極低。即使是在老家不曾幫忙做家事的學生，只要工具（機械）齊全，自己開伙就不是難事，唯一的障礙是嫌麻煩的懶惰心態。

將輝幾乎從入學之後，每週有一半的日子是自己做飯。另一半的日子是外食的原因與其說是不想花心力，主要還是因為有各式各樣的交流。

以將輝的狀況，除了大學的交流還有身為十師族一条家繼承人的交流，再加上他成為國家公認戰略級魔法師而必須和國防軍打交道。有很多令他真心覺得「在家開伙比較輕鬆」的飯局。

星期日大多有這方面的交流，不過大概是新學期剛開始，對方有所顧慮所以沒邀請飯局。將輝一回家就立刻外出要採買晚餐的材料。

現代購買日用品並不一定要外出。就算一直待在家裡，想要的東西也大致都買得到。也不會因而變貴。直接到店鋪購買可能會運氣好遇到大特價，但是這始終要碰運氣。以前像是「天天都特賣」這種誇大又自相矛盾的銷售口號，最近已經很少聽到了。

總歸來說，將輝出門購物是他心血來潮，不是習以為常的行動。

所以在食品超市被鄰居搭話，肯定也是巧合。

「哎呀？一条先生也來買東西嗎？」

「您好，藍川小姐。」

前來向將輝搭話的女性，是不久前搬到公寓相鄰房間的年輕女性。名字是藍川桂花——她本人如此自稱。

「想說來買點晚餐的材料。」

「這樣啊，我也是。」

桂花說著自然而然走到將輝身旁。

雖說剛搬過來，卻也已經十天了。平常會以鄰居身分交流。此外她具有不會強加於人的社交性，也擅長拿捏彼此的距離，所以將輝沒有刻意和她疏遠，就這麼並肩慢慢走在超市的通道。

「一条先生會自己下廚嗎？」

「是的。不過並不是每天。」

「這樣啊。畢竟是男性一個人住吧。」

聽到桂花像是呢喃般說出的這句話，將輝稍微覺得怪怪的。「家事是女人的工作」、「君子遠庖廚」是幾十年前就廢除的概念。雖然還不到滅絕的程度，不過抱持「家庭內部分工」這種信條的人如今是壓倒性的少數派。

並不是「家事分工」本身被否定。只不過是「男主外女主內」這種依照性別的固定分工不適合這個時代了。

但是桂花似乎具有這種不合時宜的價值觀——將輝如此心想而感到意外。

在他猶豫該如何回應的時候，桂花接連將食材塞進購物袋。在現今的超市不會使用店內的購物籃。商品全部附上ＩＣ標籤，只要通過結帳區就會自動計算。此外，沒登錄信用憑證（不一定是信用「卡」）的顧客，必須在進店時購買電子預付卡用來結帳。餘額依照機制隨時都能退還。

桂花挑選商品的動作毫不猶豫，感覺很習慣購物。

「……一条先生，您在煩惱菜色嗎？」

「啊……？」

「沒有啦，因為看您好像什麼都還沒買。」

如桂花所說，將輝的袋子還沒放任何東西。聽到對方指出這一點，將輝終於察覺自己看桂花的動作看得入神。

他沒有夾帶什麼非分之想。只是感覺桂花購物的身影很新奇。

將輝不是第一次看女性購物的樣子。他有兩個妹妹，也有幾位稍微年長的親戚女性。被要求陪她們購物的次數不只一兩次。

但他被迫同行購買的是衣服或飾品之類，沒被帶去四處購買日用品。這種日常的光景，屬於家事環節的女性購物光景，其實他是第一次看見。

或許將輝是會被這種「宜家的女性形象」吸引的類型。

「……那個，如果方便的話，今晚要不要一起？」

將輝依然遲於回應的時候，桂花說出這個提案。

將輝發出「啥？」的走音聲音，以目瞪口呆的狀態僵住。

（這……這是什麼意思……）

「今晚要不要一起」這句話令將輝狼狽。

「啊，不，我沒有強迫的意思，不過既然您沒決定內容……」

「內……內容？這是什麼意思……？」

「還有什麼意思……就是晚餐的內容啊？」

「——啊，啊啊，餐點的品項是吧……」

將輝的臉孔逐漸泛紅。他知道自己的臉在發熱。

察覺到自己的誤解，狼狽轉變為羞恥。

「一条先生，您有對什麼食物過敏嗎？」

桂花肯定也察覺到將輝舉止變得奇怪的原因。

但她沒提到這件事。

表現得像是什麼都沒察覺。

「不，沒有。」

「那麼，菜色請交給我吧。請問可以嗎？」

「我才想問，不會造成您的困擾嗎？」

「不會困擾的，因為是我邀請您。」

「這樣啊……那我就懷著感恩的心陪您採買吧。啊，東西我來拿。」

將輝說到這裡，半強迫從桂花手中接過購物袋。

超市的支付系統不是以袋子的擁有者，而是以袋子在誰手上來判斷購買者。這麼一來本次購物將由將輝付款。

「不好意思……謝謝您。」

桂花一副惶恐的模樣，卻沒有堅持由她結帳。與其說是視錢如命或貪小便宜，給人的印象比較像是尊重男性的面子。

「打擾了……」

收到「飯菜準備好了」的電話通知，將輝造訪桂花的房間。

「不用客氣，請進。」

桂花沒有露出警戒或是害羞的模樣，邀請將輝入內。

房裡整理得很整潔，也有女性風格的裝飾。但是脫鞋的將輝不是視覺，而是嗅覺受到刺激。

桂花的房間充滿花朵般的氣味。

被撲鼻而來的芳香吸引注意力的將輝，由桂花引領坐在餐桌前面。

桌上已經擺放色彩繽紛的料理。大多是中式，但這不是將輝要求的。看來她擅長中華料理。

後來，將輝享受桂花親手做的料理填飽肚子。

因為同桌用餐，所以感覺兩人的距離拉近了。桂花看起來很期待這個結果。

另一方面，將輝看起來也是早早就快要被桂花掌握他的胃。

達也委託八雲仲介他和東道見面，到今天是第四天。

到了吃完晚餐的時間，八雲通知終於成功約好面會。

「現在過去嗎？」

不過時間是現在算起的一小時後，非常倉促。

『畢竟閣下似乎也很忙。』

八雲的語氣也終究略感歉意。

「不，我不在意。光是願意抽空給我就很感謝了。地點是九重寺嗎？」

『沒錯。我姑且有派徒弟站在山門迎接，但你自己進去也沒關係。房間和上次一樣。』

「我不打算悄悄溜進去。師父也請不要設下奇怪的惡作劇。」

『我終究會顧及場面的。』

達也的叮嚀引得八雲苦笑。

達也也不是真的擔心這種事。

兩人進行「我立刻過去」、『等你過來』的對話之後結束通訊。

「嗨，來得真早。」

達也依照剛才在電話所說的立刻出門，現在已經抵達九重寺。距離指定的時間還有三十分鐘以上。

「師父親自前來接我，我擔當不起。」

剛才八雲說會派徒弟帶路。大概是想要冷不防給個驚喜吧。

「我可不是為了接你而來到這裡喔。」

但是八雲的回答出乎預料。

「是來迎接閣下。我收到聯絡，閣下的前一個行程比預定更早結束。」

「這樣啊。」

達也一邊附和，一邊暗自思考別的事情。

大概是從一開始就這麼預定吧。達也如此心想。

他不認為八雲說謊。八雲大概也是被耍弄的一方。

肯定是企圖比約定的時間早來，打造「達也讓我等他」的狀況，藉以在心理層面占上風——達也就像這樣推測東道的心思。

「那我也在這裡等閣下前來。」

「嗯，這麼做挺不錯吧。」

聽到達也的要求，八雲咧嘴一笑。看來八雲也想要對耍弄他的東道稍微還以顏色。

即使看見達也站在山門，東道也沒露出驚慌模樣。但並不是視若無睹，他的視線確實朝向達也超過一瞥的時間，總之可以認定成功出其不意了。至少免於被先下手為強，這是好事。

如同第一次和東道交談的那時候，達也在正殿深處的房間坐在下位。

坐在上位的當然（不是想當然耳）是東道。但不只是達也，東道也維持正坐姿勢。兩人完全稱不上放鬆。

「——我理解香巴拉遺物的危險性了。」

聽完達也說明請求准許赴美的理由，東道首先這麼說。

對於香巴拉實際存在的這個話題，東道沒表示抗拒。或許不同於達也取得的情報，他已經從別的情報來源知道香巴拉遺產的存在。

考慮到日本國內也有殘留遺跡，就無法斷言絕對不可能。

「我想你們應該知道，軍方的明山基於另一件事要求海外派遣的許可。」

「哎呀，明山少將知道閣下您和四葉家的關係嗎？」

八雲略感意外般插嘴。雖然他的發言打斷話題，但他自己或許只是想要搭腔吧。

東道稍微皺眉，似乎是覺得話題被打斷了。

「好像是四葉真夜說的。」

「所以您不介意？」

「我並沒有下令保密。」

「請問明山總部長的委託和ＩＰＵ的『西藏解放戰爭』有關吧？」

此時達也試著修正話題的軌道。

為了帶領輿論風向，ＩＰＵ將這次的戰爭稱為「西藏解放戰爭」。此外大亞聯盟那邊單純稱為「西藏侵略」而批判。

「沒錯。這件事會在明天找安西、樫和、穗州實一起開會討論。」

安西、樫和、穗州實，以及東道。這是在元老院也特別具有實力的四人姓氏。這四人統稱為「四大老」。這四人即將齊聚一堂，可見他們多麼重視這個事態。

「四大老的各位竟然齊聚一堂，看來西藏的戰爭非常受到重視。」

八雲露出微笑像是打趣般說。完全看得出他心想「明明扔著不管也沒關係」。

「世界地圖會改寫，可不能視若無睹。觀望的態度將有損我國的利益。」

「恕我直言，貧僧的拙見認為這應該是政府與國防軍處理的事情。」

「你的意見很中肯。」

八雲進一步提出反駁，東道沒有動怒。

「此外，可能造成大規模殺傷的魔法要是落入恐怖分子手中，損害將無從估計。我也知道封印香巴拉遺物的優先度很高。不過『四葉』達也……」

東道將炯炯有神的獨眼以及泛白混濁的眼珠看向達也。

「也必須避免布達拉宮的地下遭到肆虐吧？」

達也內心「或許……」的這份疑惑轉變為確信。

——東道擁有香巴拉相關的正確知識。

「您說的沒錯。」

既然被知道了，繼續裝傻也沒有好處。達也以恭敬態度灑脫地低頭致意。

「西藏與加利福尼亞。兩邊都不被允許演變成無法挽救的局面。然而其他人應該不知道這件事吧。尤其是加利福尼亞那邊。」

這裡說的「其他人」應該是剛才提到姓氏的四大老之中，除了東道之外的三人吧。而且看來東道也不能無視於他們的意向。

「我一定會好好處理，所以暫時等我給你消息吧。」

看來今晚頂多只能得到這些成果。

達也沒有繼續堅持下去。

【5】急轉直下

遼介陪同蕾娜來到沙斯塔山，但他早早在第三天就閒得發慌。他崇拜蕾娜，卻不是只要陪在身旁就會滿足的類型。這次他以一副開心搖尾的氣勢跟過來，也是想要成為蕾娜的助力。

但是目前有在工作的，只有竊聽警方無線電檢查是否有可疑人物前來的私家偵探。蕾娜似乎也以遼介不知道的方法在調查周邊，但是身體就這麼窩在旅館房間。

新來的愛拉擔任護衛陪在蕾娜身旁。遼介不知道愛拉具體來說隱藏何種能力，只知道她具有強大的實力。加上體術的話還很難說，但是光憑魔法力實在沒勝算。遼介透過皮膚有這種感覺。

強力的魔法師隨侍在蕾娜身旁，對於遼介來說也是值得高興的事。從心理層面來說，同性的護衛肯定也能讓蕾娜放鬆。遼介認為自己現在在蕾娜周圍閒晃只會妨礙到她。

就算這麼說，待在旅館也只會一直消沉下去。為了讓心情充電一下，遼介決定稍微出個遠門。這附近不愧是有名的觀光地，做觀光客生意的店也很齊全。遼介租了腳踏車騎上馬路。

朝北方出發，在途中的大岔路轉往東北方前進。遼介騎了約二十公里之後停下腳踏車。為了休息片刻而來到的無人商店停車場豎立了觀光導覽板。是傳統的人工看板。沿著小徑往北走似乎有一座名為「Pluto’s Cave」的洞窟。雖然達介不知道，不過這附近似乎是有名的觀光景點。

對此沒有太大興趣的遼介將沒喝完的礦泉水瓶蓋轉緊，再度跨上腳踏車。

就在這一瞬間。

一股氣息撼動他的腦髓。

在認知到這股氣息是什麼之前，遼介就跳下腳踏車提高警覺。身體擅自投向鬥爭。腳踏車倒地的聲音從耳朵傳達到意識之後，遼介終於察覺自己擺出戰鬥姿勢。

很不巧的，這裡不是無人荒野的正中央。好奇的視線插在遼介身上。

幸好人數不多，只有三人，也沒有莽漢把遼介的戰鬥姿勢解釋為挑釁而前來找碴。

遼介將一開始就有許多細小刮痕的腳踏車扶起來跨上去，在這個時間點終於明白自己感覺到的東西是什麼。

那是ＦＡＩＲ的魔女——蘿拉・西蒙的氣息。

遼介緊急掉頭回到旅館，匆忙敲響蕾娜所入住客房的門。

不悅皺眉露面的是護衛愛拉。她背後傳來蕾娜「遼介？請進」的柔和聲音。愛拉默默讓路。

「遼介，怎……」

「蘿拉・西蒙出現了！」

遼介以打斷蕾娜「怎麼了」這句疑問的氣勢大喊。他剛才騎腳踏車的時候，以及歸還腳踏車跑回這裡的時候，滿腦子都只想要將這件事告訴蕾娜。

「……不好意思，愛拉，請拿毛巾過來。」

被遼介的氣勢嚇到僵住的蕾娜，在身體放鬆之後如此拜託愛拉。

「是，Milady。請用。」

愛拉不知為何已經準備了濕毛巾。順帶一提，她說「請用」遞出毛巾的對象不是蕾娜，是遼介。

「不需要這樣汗流浹背跑過來，明明打通電話就好了。」

蕾娜像是覺得有趣般輕聲一笑。

遼介直到現在才察覺自己臉上滿是汗水，上衣濕透變重。

視線朝下一看，汗水不斷滴落腳邊。看來愛拉是無法忍受這種慘狀，在蕾娜僵住的時候準備了濕毛巾。

遼介不好意思般擦臉。臉因為運動發熱而變紅所以不起眼，但他也有點臉紅。自己的汗水弄髒蕾娜的房間，他覺得很丟臉。

擦掉臉上汗水的遼介露出有點猶豫的表情，大概是思考臉部以外的汗水該怎麼處理吧。在蕾娜面前，不，即使不是蕾娜，他也不能在連女友都不是的女性面前脫掉上衣。

冷靜旁觀遼介這副模樣的愛拉，輕輕將手放在自己胸口。

出現魔法發動的氣息。

經過堪稱一瞬間的短暫延遲，一陣清涼的風包裹遼介。雖然不是可以形容為寒冷的低溫，不過以這個季節的單薄服裝來說，是可能稍微感受到寒意的乾爽涼風。遼介因為汗水而變色的上衣逐漸乾燥。

是愛拉的魔法。之所以沒有直接從上衣抽走水分，是考慮到這麼做比較能讓體溫自然降低。產生的風從通風口引導到室外，也可以帶走遼介的體臭。

「遼介，冷靜下來了嗎？」

即使外表看起來是十六、七歲，蕾娜的實際年齡也比遼介大得多。

「是的。恕我剛才失禮了……」

溫柔規勸的態度沒有突兀感。不提內心對她的崇拜之意，遼介率直感到惶恐。

「坐下來說吧。」

在蕾娜催促之下，遼介有點猶豫地坐在餐桌旁的椅子。

蕾娜坐在他的正對面。愛拉坐在兩人側邊的椅子。

「那麼請告訴我吧。遼介，你在哪裡看見蘿拉・西蒙的身影？」

「啊，不！」

遼介臉上掠過一絲狼狽。

「沒確認身影。只是感覺到氣息……」

愛拉默默投以冰冷的視線。

「我相信你。」

然而蕾娜如她自己所說，朝遼介投以絲毫不帶懷疑的微笑。

雖然有點誇張，但遼介從這張笑容感到救贖。

「所以是在哪裡？」

「往北方騎腳踏車約一小時的地方。我造訪的無人商店立著『Pluto's Cave』的導覽板。」

「Pluto's Cave？」

蕾娜呢喃的時候，一旁的愛拉拿出行動終端裝置開始搜尋。

「——Milady，『Pluto's Cave』是從這裡直線距離約二十公里北方的知名景點洞窟。」

愛拉將搜尋結果告訴蕾娜——題外話，無視於蕾娜的抗拒，愛拉開始使用「Milady」這個稱呼。

「遼介……你騎腳踏車去了那麼遠的地方？」

蕾娜詢問的聲音聽起來有點傻眼。

反觀遼介一副不知道蕾娜為何對他傻眼的表情。因為對他來說，騎腳踏車往返五十公里的程度不是太大的運動負擔。從時間來看，去程慢慢騎所以花了一小時左右，但是回程不到三十分鐘就回來了。

看見遼介不明就裡的表情，蕾娜心想「計較這個也無濟於事」打消念頭。

她指示愛拉將地圖投射到桌面。

「蘿拉·西蒙的氣息出現在哪裡附近，你知道更詳細一點的位置嗎？」

蕾娜看著Pluto's Cave周邊的地圖詢問遼介。

遼介稍微思索之後回答「應該在這附近」，指向當時看見Pluto's Cave導覽板的道路對面，也就是靠近沙斯塔山的那一邊。

「……是什麼都沒有的地方耶。」

「要去看看嗎？」

愛拉以這個提案回應蕾娜的呢喃。雖然太陽已經大幅西下，但是距離日落還有時間。

愛拉注視蕾拉的臉。

蕾拉搖了搖頭。

「蘿拉·西蒙現在被通緝了。匿名向警方通報她來到這一帶吧。」

「匿名嗎？」

遼介低調發問。因為通訊技術發達，所以近年愈來愈難隱藏發訊者的身分。

「私家偵探露卡・菲爾茲應該知道好方法吧。立刻聯絡她看看。」

確實，私家偵探或許知道一般市民不知道的匿名通報方法。遼介與愛拉都沒有開口反對。

◇　◇　◇

在遙遠的高空也確認到蘿拉的出現。

日本時間九月十三日星期一晚上。遼介在當地捕捉到蘿拉氣息約半天後。

達也在四葉家東京總部的通訊室，和高度約六千四百公里的中軌道運行的人造衛星——衛星軌道居住設施「高千穗」通訊。

「——沙斯塔山的西北山麓？」

『是的。蘿拉・西蒙出現在該處了。』

達也以疑問語氣反問，光宣做出困惑反應的原因，在於他們知道香巴拉遺跡埋藏在沙斯塔山東方斜坡的地下。光宣觀測到的蘿拉蹤跡，距離遺跡的所在地超過十公里。

「他們不知道遺跡的位置就跑來了嗎？即使正在被通緝……？」達也不是在問光宣，而是在問自己，換句話說是自言自語。

『但她的行動方式反而像是抱持某種確信……』

不過光宣似乎將這段話解釋為達也在問他。

語氣聽起來沒什麼自信，回答的內容卻是斷然否定達也的呢喃。

「那麼……是在尋找我們所知遺跡以外的某種東西嗎？」

『就我看來是這樣。』

達也與光宣一起思索。通訊線路浪費在沉默的影像上。

「……我不懂。」

達也這句低語，為電波與雷射波（高千穗是以高聚焦度的紅外線雷射通訊和地面設施聯繫）的浪費打上休止符。

「沙斯塔山的香巴拉遺跡肯定只有那個地方才對。難道像是先前瀑布後方的洞窟那樣，遺跡以外的地方也埋藏著聖遺物或石板嗎？總不可能真的相信虛構的雷姆利亞地下都市吧？」

『可能埋藏著不是香巴拉聖遺物的魔法性質遺物。』

光宣慎選言辭回應達也像是獨白的這段話。

『因為蘿拉．西蒙曾經立下實績，在遺跡以外的場所挖出「導師之石板」。』

「說得也是。不過為什麼是現在？這是我在意的事。」

受到通緝的蘿拉，肯定知道像這樣長時間在外面到處跑的風險。她不惜冒著這個危險，像是呼應「那個傳聞」般出現在沙斯塔山，達也對此非常在意。

『這一點確實令人在意……總之我會繼續監視。』

雖然這麼說，但在無法赴美的現狀也只能監視。

「啊啊，拜託了。」

有必要的時候或許必須無視於禁令，經由宇宙前往當地才行……

達也內心的不祥預感，茁壯到足以令他暗自下定這個決心。

ＩＰＵ與西藏正統政府的聯軍突破國境進入西藏領土，卻還沒確保制空權。

九月十三日現在，ＩＰＵ和大亞聯盟為了爭奪西藏南部的制空權而展開激烈的空戰。

ＩＰＵ陸軍在距離母國國境約一百公里的地點設立前線基地，支援從ＩＰＵ尼泊爾共和國加德滿都起飛的空軍。另一方面，大亞聯盟為了對抗ＩＰＵ的前線基地，把拉薩西方的都市日喀則設為迎擊據點，派遣空軍從貢嘎機場（拉薩貢嘎機場）出擊。

至於中立國的觀戰武官，是在ＩＰＵ前線基地二十公里遠的場所設置聯合營地。文民監視團也集體進駐在一旁堪稱移動飯店的豪華露營車。

即使日落時分將近，天空依然斷斷續續進行空戰。觀戰武官的營地也持續觀測戰況。

他們沒有疏於對空監視。

然而就算這樣也沒能避免悲劇發生。

黑夜將近而急遽擴散的雲層裡出現轟炸機，觀戰武官們是在彼此距離不到十公里的時間點才發現。

轟炸機是大亞聯軍不可能持有的最新銳隱形戰機。

營地響起警報聲。

對方已經進入轟炸態勢。

雖然有帶來防空飛彈之類的自衛用武器，但是沒能趕上。

觀戰武官營地被爆炸波吞噬。

西藏的觀戰武官與文民監視團遭受大亞聯軍轟炸的事實，達也比新聞更早得知。

事發的一小時半之後，達也因為獨立魔裝聯隊的真田來電而收到這個消息。

「——所以，風間上校與柳少校平安無事嗎？」

映在視訊電話螢幕上的真田臉色鐵青又憔悴。

「上校失去右手臂，但是生命沒有大礙。柳傷得比上校還重，現代醫學很可能救不回來。即使以山中中校的能力似乎也很難。」

「柳少校這麼強的人居然……」

真田的說明令達也大吃一驚。

「因為他在瓦礫與爆炸波之中保護了上校。」

如果是以前應該會說這是「光榮負傷」，但是真田沒使用這四個字。

「……司波先生。更正，達也。」

真田露出苦惱的表情，使用了以前的稱呼方式。

「我知道這是厚臉皮的請求，也知道我沒有道理拜託這種事。不過，可以請你救救柳嗎？」

真田的要求無須特別說明。

他希望能以達也的特異能力「重組」治療同袍。

「……從這裡終究不可能的。因為『緣』已經變淺了。」

這不是謊言。達也與風間他們曾經是同伴。在那個時候即使只以通訊聯繫，達也的這份力量也能傳達吧。但是達也和風間在三年前決裂了。雖然前幾天剛見過風間，但彼此的關係僅止於認識而不是同伴。柳則是好一段時間都沒見面。

「如果你願意接受治療的委託，這邊會把柳低溫保存之後移送到斯里蘭卡。」

低溫保存近似低體溫麻醉卻是不同的技術，是人工冬眠研究的副產物。在技術上尚未完成，據說很難復甦。換句話說，在低溫保存的階段，生還的可能性就明顯偏低。目前只不過是將受到致命傷直到死亡的時間延長。

「知道了，我就接受吧。」

達也回應這個懇求的語氣非常乾脆，和真田的語氣成為對比。

「請運輸機不要降落在班達拉奈克國際機場，而是改在漢班托塔機場降落。我會在運輸機上治療柳少校。」

「知……知道了。」

真田臉上掠過一絲遲疑，因為漢班托塔國際機場不是軍用基地。別名可倫坡國際機場的班達拉奈克國際機場是軍民共用機場，運輸機在這裡起降比較好。

但達也指定漢班托塔應該是有理由吧。如此心想的真田將反駁吞回肚子裡。

達也不是在通訊室接到真田的電話，而是在自家的電話室。雖然隔音完善，不過大概是感受到非同小可的氣息吧。結束通話之後，房門從外面被敲響了。

「深雪嗎？進來吧。」

回應達也的聲音，深雪說聲「打擾了」開門走到達也身邊。

「達也大人，方便請教真田少校說了什麼嗎？」

平常就算真田打電話過來，深雪也不會像這樣詢問內容。原因也在於平常大多是工作上的討論，不過這次大概是冒出某種預感吧。或者是她敏銳捕捉到達也內心的些許動搖。

「風間上校與柳少校受了重傷。據說柳少校沒有我就無法得救。」

深雪倒抽一口氣。她的臉上失去血色。這不是關心風間或柳的反應。

達也肯定會拯救他們兩人。然而在將這麼嚴重的傷勢「倒回」的時候，不知道會有多麼強烈的痛苦折磨達也。深雪是在想像這件事。

沒必要去拯救。深雪很想這麼說。現在的達也不是獨立魔裝聯隊的成員。三年前擔任風間長官的佐伯成為達也的敵人時，達也就和當時的獨立魔裝大隊完全斷絕往來。如今只視為FLT的客戶打交道，其中沒有同伴的情誼。

不，風間他們在這之前就只是在利用達也。達也這邊也有利用特務軍官的立場，所以或許是相互依賴的關係，不過以收支來說肯定是達也嚴重虧損。

即使只看五年前的橫濱事變，國防軍也欠了達也一筆還不完的債——即使軍方沒視為負債。

深雪不希望達也留下更痛苦的經驗。說來並不誇張，達也將會嘗受到「死亡的痛苦」，明白這一點的深雪實在不忍心讓達也跑這一趟。

然而她說不出口。

到頭來，達也會去。以自己的意願前往。

深雪知道，即使在這裡阻止也只會害得達也煩心，在他內心增加無謂的負擔。

「……立刻就要出發嗎？」

「目的地是斯里蘭卡。需要知會姨母大人一聲。」

「斯里蘭卡嗎？上校他們到底……！」

說到這裡，深雪的表情變成像是察覺到某件事。

「……難道風間上校他們是以觀戰武官的身分前往西藏？」

「沒錯。好像是在當地遭受大亞聯軍的轟炸。」

「大亞聯盟攻擊了中立國的武官嗎？」

「不只是武官。文民監視團應該也遭受攻擊。不過那邊好像有同行的魔法師架設護盾所以完好無傷。」

「看來有非常強力的魔法師同行……」

達也在這方面也有同感。觀戰武官團體肯定也有護衛的魔法師陪同，卻無法阻止轟炸造成傷害，文民監視團那邊則是成功阻絕轟炸。

文民監視團有「使徒」馬克羅德與施米特這兩位ＶＩＰ參加，備好萬全的護衛態勢或許是理所當然。然而達也覺得觀戰武官這邊的護衛魔法師水準也差太多了。

不過即使這是蓄意使然，也不是現在要思考的事情。

「就算無視於出國禁令，也不能瞞著姨母大人出發。」

即使真夜反對前往斯里蘭卡，我也不會照做。達也間接表達自己的意願。

——達也大人果然已經下定決心了。

看著面向視訊電話控制台聯絡本家的達也背影，深雪如此心想。

『真夜大人現在在忙，由屬下代為接聽。』

出現在視訊電話螢幕上的是葉山。

「那麼，請幫忙轉告當家大人。」

達也沒有堅持要找真夜說明。他認為即使只有單方面留言，也算是完成最底限的義務。

『請問是什麼事？』

得知不是有事情要討論而是要轉告，葉山看起來稍微提高戒心。

「獨立魔裝聯隊的真田少校請求救援。觀戰武官營地遭受大亞聯軍轟炸，所以委託我治療在這波攻擊受到致命傷的柳少校。為了改善和國防軍的關係，我將會接受這個救援請求飛往斯里蘭卡。雖然沒有忘記自己被禁止出國，但這是攸關人命的緊急事態，所以請容我違背禁令。」

達也對於葉山的表情不以為意，一口氣說明事由。

『達也大人，非常抱歉，可以請您就這麼稍待片刻嗎？』

葉山雖然表情鎮靜，音調卻透露內心的慌張。

「我晚點再打過來吧？」

『沒關係，不會讓您等太久。』

視訊電話的畫面變成保留狀態。

達也利用等待的時間，以終端裝置寫電子郵件到巳燒島，內容是指示他的自用噴射機進行起飛準備。目的地指定為斯里蘭卡的漢班托塔國際機場，要檢查機體狀況、補給往返的燃料，並且命令專屬駕駛員報到。

巳燒島回信確認接收指示的一分鐘後，和本家的通訊重新開啟。真夜在螢幕上登場。

「勞煩您前來接聽了嗎？非常抱歉。」

達也先朝著鏡頭低頭致意。

『沒關係，因為你這邊比較重要。』

真夜擺出一如往常耐人尋味的態度，沒有浪費時間。

『事情我聽葉山先生說了。你想去斯里蘭卡是吧。』

「是的。屬下判斷賣這個人情給風間上校不會吃虧。」

要你治療的對象不是柳嗎？真夜沒這樣反問。拯救柳的性命，反倒是風間會覺得欠下人情。

真夜無須聽達也說明就理解這一點。

『閣下還沒准許。這一點你也有理解嗎？』

「以中立國觀戰武官身分前往的日本軍人遭受卑鄙的偷襲。元老院的各位應該也不會要求屬下袖手旁觀吧。」

『我不知道你原來有這種愛國心。』

「這個世界有些人放不下面子，也有一些必須堅持面子的場面。但這當然不是在說屬下。」

『……也對。所以你要利用這些人的堅持嗎？』

「不到利用的程度。頂多算是順水推舟吧。」

聽到達也厚臉皮這麼說，真夜嘆了口氣。

『……好吧。畢竟你打著攸關優秀軍人性命的名目，閣下應該也會睜隻眼閉隻眼吧。』

在某方面來說，真夜也是從一開始就放棄限制達也的行動。

『但你治療完畢就要立刻回來。如果是你的專機，明天早上肯定回得來吧？』

「遵命。屬下明天中午之前就會回來。」

達也朝鏡頭端正行禮。

他抬起頭的時候，視訊電話的畫面已經變暗。

「要使用停放在巳燒島的專機是吧。您要怎麼前往巳燒島？一如往常使用ＶＴＯＬ嗎？」

一起走出通訊室的深雪，在走廊詢問達也。

「不，要將飛行車設定為隱形模式飛過去。」

飛行車的飛行速度比ＶＴＯＬ快。而且如果要讓ＶＴＯＬ起飛，必須預先繳交飛行計畫。

從法令層面來說，飛行車不是被認可的航空機，所以和飛行計畫無關，從一開始就違法。但只要使用隱形模式，即使違反法令也不會被發現。

「既然要使用隱形模式，那我來幫忙吧。」

聽完達也的計畫，深雪要求協助。以達也原本受限的魔法技能，很難在駕駛飛行車的同時發揮隱形性能鑽出首都圈的強力監視網。

現在的達也有儲存魔法式的人造聖遺物「儲魔具」。只要使用儲魔具，發揮高度隱形所需的魔法就可以維持運作，也能同時操作飛行車的飛行魔法。

即使如此，由達也駕駛飛行車，將隱形模式交給深雪負責，依然是比較合理的分工方式。

「說得也是。可以拜託妳嗎？」

達也沒有堅拒深雪的參與。他沒有基於奇妙的骨氣或尊嚴拒絕藉助深雪的力量，而是尋求客觀的最佳解。

達也的選擇不是顧慮到深雪的心情，而是從合理性導出的解答。

「好的，我很樂意！」

然而就算這樣，能夠得到心目中想要的回應，深雪依然感到喜悅。

◇ ◇ ◇

達也駕著飛行車降落在巳燒島北部的四葉家專用機場，將飛行車交給同乘的莉娜駕駛（身為深雪的護衛，她匆忙整裝之後跟了過來），加重語氣吩咐深雪要和莉娜一起回到東京。

因為今天是星期一，深雪與莉娜明天都要到大學上課與實習。

然後達也走下飛行車，搭乘他專用的小型噴射機。這架極音速噴射機的專屬駕駛員四谷全力行使慣性控制與氣流操作的魔法，以機體做得到的最短時間抵達斯里蘭卡的漢班托塔國際機場。

挑戰能力極限的飛行使得四谷精疲力盡，達也使用「重組」將他身上的疲勞「奪走」，進而命令四谷在機上待命。達也自己則是跑向停在停機坪的運輸機。

此時的當地時間是十三日晚間將近十點，日本時間是十四日凌晨一點多。事件發生至今——風間與柳受傷至今大約經過五小時。

跑進運輸機的達也站在柳所躺的低溫保存艙前方，指示旁人打開艙蓋。

解除密閉狀態的時候，將人體保存為假死狀態的系統也連帶停止。

緊接著，達也行使了「重組」。

他的臉上瞬間失去血色。體溫頓時下降到人體可以自主活動的最低極限。

達也的「重組」可以消除過去某個時間點所發生外在要因造成的變化，是一種改變過去的能力。但是在這個過程中，他必須回溯對方的情報體履歷直到要改變的時間點。要改變過去的對象如果具有知覺，情報體的履歷也會包含這些情報。換句話說，對方感覺過的痛苦，達也也會以壓縮的形式同步體驗。

以柳的狀況來說，因為在很早的階段就進行假死處置，所以處置之後不會產生痛覺。取而代之注入達也內部的情報，是人體成為低溫假死狀態所受到的刺激。他的體溫之所以急遽下降，就是因為身體被這份情報影響。

但這始終只不過是錯覺。達也知道這是錯覺。

經由認知而帶來的變化，可以藉由重新認知而消除。

柳像是沒發生過任何事情般起身。

在這個時候，達也的身體狀況也已經復原。

「——抱歉，達也。感謝你……！」

說出這句話的是風間。即使他自己也身受重傷，依然在看見達也的時候立刻站起來，將達也的指示改為命令的形式要求醫療人員實行。

「順利趕上真是太好了。」

達也如此回應風間。

他的「重組」有二十四小時以內的時間限制。「順利趕上」是正如字面的意思。

達也回以這句話之後，包在風間右手斷臂根部的繃帶解開了。取而代之位於該處的是本應失去的右手臂。

「……真的很抱歉。不知道該用什麼話語感謝你。」

風間朝著正在撫摸右手臂的達也深深低頭致意。

在他身旁走出密封艙的柳，就這麼將赤裸的上半身傾斜四十五度，向達也進行最敬禮。

結束「治療」之後，達也只和風間他們簡單交談就回到自己的專機。一起加入監視ＩＰＵ與大亞聯盟戰爭的這件事沒成為話題。

載著達也的專機立刻起飛，在日本時間的十四日清晨返抵巳燒島。

◇◇◇

從斯里蘭卡回來的這一天，達也短時間小睡之後就這麼待在巳燒島工作，下午六點多回到調布的公寓。

深雪以「您辛苦了」這句慰勞的話語迎接，達也在客廳休息片刻。

簡直像是抓準這個時間點，視訊電話響起來電鈴聲。達也制止深雪，自己按下通話鍵。果不其然，這通電話是打給達也的。

在視訊電話螢幕登場的是八雲。他不是以平常從容不迫的態度，而是以公事公辦的語氣說明東道想在一小時之後見面，希望達也來寺廟一趟。

達也連忙清除身上的髒汙，包括刮鬍子在內，在整理儀容之後換上西裝。

搭乘深雪在這段時間安排好的車子之後，達也前往九重寺。

今晚的東道沒有將行程提前，比他自己指定的時間晚了五分鐘現身。

達也以跪伏的姿勢迎接東道。

「四葉達也，我想看著你的臉說話。抬起頭來吧。」

東道向在榻榻米上五體投地的達也搭話。

「是。恕在下失禮。」

達也不疾不徐、不卑不亢，自然而然抬起頭。

「聽說你去了斯里蘭卡一趟。」

東道目不轉睛瞪著達也，突然開口進入正題。

「非常抱歉。當時是緊急狀態，沒有餘力向您申請許可。」

但是達也不愧疚也不惶恐。至少表面上的態度是相信自己做了該做的事。

這個反應似乎令東道非常意外。

「……我沒要拿這件事責備你。」

說出這句話之前，他明顯停頓了一下。

「萬萬不能因為卑鄙的偷襲而失去盡忠報國的勇士。這次無視於和我的約定，原本是難以原諒的獨斷專行，但是你的行為符合國家利益，違約的罪過就以這份功勞相抵吧。」

「在下不勝感激。」

達也將雙手放在榻榻米，稍微低頭致意。

東道瞇細眼睛，像是要責備這份可以解釋為傲慢的態度。

然而東道在這時候也沒說出責備達也的話語。

「對於大亞聯盟的蠻行，我們也感到憤怒。」

「意思是元老院的各位大人都義憤填膺嗎？」

八雲在一旁詢問東道。感覺他的態度比達也還要小看元老院的權威，東道看起來卻一點都不在意。或許東道為了避免自己沉溺於權力，所以刻意讓八雲自由發言吧。

「很多人都一把年紀了還提出激進的意見，真是棘手。」

「是嗎……看來元老院傾向於採取強硬立場了。」

「說來頭痛，就是這樣沒錯。」

東道說完輕輕嘆了口氣。即使他在這個國家擁有極大的幕後權力，在同級的掌權者之間似乎也無法盡如己意。

東道重新打起精神看向達也，一如往常稱呼他「四葉達也」。

「為了洗刷國恥，應該由你介入西藏戰爭。元老院已經達成這個共識。但是不會強迫你這麼做。」

「是閣下您出面制止的吧。」

八雲再度從旁插嘴。

這次東道沒反應。這是無言的肯定。

「四葉達也，你今後可以自由出國。這份自由如今受到元老院的保障。」

這份自由是妥協的產物。這是輕易就能猜到的事情。東道應該想將達也留在自己手邊當成棋子吧，所以藉由「保障自由」這個形式，摧毀了元老院其他成員向達也下令的可能性。

「謝謝您。」

達也理解東道的這個盤算，鄭重表達感謝之意。

◇◇◇

回到調布自家的達也，一如往常在門口接受深雪「歡迎回來」的恭敬迎接。

「請問要吃飯嗎？還是要洗澡？」

深雪如此詢問時的態度也有模有樣。雖然沒有失去青澀的感覺，卻不會害羞到驚慌失措。

「在這之前，我想向本家報告東道閣下已經許可了。」

達也在脫鞋時告知的這句話，引得深雪開心發出「哇！」的聲音。

「那麼，我去通訊室做準備，請達也大人在這段時間稍事梳洗一番。」

「知道了，就這麼做。」

深雪背對達也前往通訊室，達也前往盥洗室。

『達也大人，非常抱歉，夫人目前不在。』

和昨天一樣，在視訊電話螢幕登場的是葉山。但是和昨天不同，感覺今天真的是在留守。雖然沒有根據，達也卻隱約這麼覺得。

「那麼請轉達給當家大人，東道閣下已經准許我出國了。」

『如果是這件事，夫人已經知道了。』

葉山的回應令達也感到意外。從九重寺回家的時候，達也沒繞路去其他地方。得到東道的許可之後，達也幾乎沒浪費時間就打了這通電話。即使如此，真夜依然在達也回報之前就收到這個消息。

四葉家與東道之間締結了這麼緊密的聯繫嗎？簡直像是東道身邊有四葉家的聯絡員。說不定剛好相反。不是東道身邊有四葉家的人待命，而是東道的手下潛藏在四葉家內部……

「這樣啊。不過，可以轉達說我也回報了這件事嗎？」

達也將疑惑塞進心底，委託葉山向真夜做證。

『遵命。』

葉山一如往常露出完美的管家表情，恭敬接受達也的要求。

為什麼葉山會先知道東道的意向？達也沒這麼問，葉山看起來沒對此感到疑問。在達也眼中，葉山就像是自認「我率先知道東道的意向是理所當然」。

◇　◇　◇

障礙終於排除了。但這只是站上了重新開始的起跑線。狀況依然急迫，而且有一半是達也自己播下的種子。如果他殘留著和一般人相同的情感，或許已經因為慌張而無法冷靜判斷。

但是達也沒慌張。和深雪結下比兄妹更深的情誼之後，他看起來取回了人類的情感，但是真正的情感除了一種之外，依然被已故的生母深夜奪走沒能取回。不過現在湊巧朝著好的方向產生作用。

向本家的葉山告知順利贏得東道的讓步之後，達也和深雪共進晚餐，然後洗個澡恢復精力，著手進行下一個步驟。

下一步是和光宣討論如何分工。

『——為了保護布達拉宮地下的遺跡，確實應該防止拉薩發生巷戰。我也可以理解若要讓西藏政府無血開城，由達也你來介入是最好的方法。』

在和高千穗進行雷射通訊的螢幕上，光宣露出半同情的笑容。

『可是這麼一來，達也你的魔王傳說將會添上新的一頁哦……？』

「我不記得寫過魔王傳說這種膚淺的東西，但是被追加惡名也在所難免。畢竟是我自己播的種，也沒有適任的人選扛得起這個爛攤子。」

達也沒有表情的臉上洋溢著「雖然情非得已卻也沒其他辦法」的放棄心態。

『達也你確實是最適任的人選。我知道了，沙斯塔山的遺物由我接手處理。畢竟我原本就有這個打算。』

光宣認為達也即使沒被四葉家禁止出國，也很難赴美封印沙斯塔山的香巴拉遺跡。封印沉眠在遺跡的遺物，這在當地政府眼中是盜掘的行徑。達也現在太有名了，不方便直接涉入這種犯罪行為。

「拜託你了。可以順便在明晚下來巳燒島一趟嗎？我要把那根杖交給你。」

『知道了。八點可以嗎？』

「要不要也帶水波一起來？如果不介意只有一圈的時間，我就好好款待你們吧。」

高千穗大約每四個小時繞行地球一圈。達也說的「一圈」就是這個意思。

『謝謝。那我恭敬不如從命。』

兩人約好明晚重逢之後結束通訊。

世界情勢愈來愈緊張，但是目前日本的日常生活沒有變貌。魔法大學也一如往常進行授課與實習。達也照例自主請假，不過深雪今天也是從早上就認真上課。

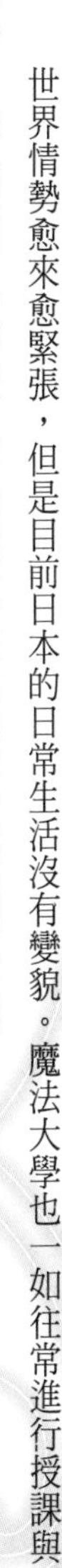

午餐時間，深雪和莉娜一起來到學校餐廳。兩人所坐的餐桌吸引眾多視線，卻沒有學生裝熟

接近過來騷擾她們。原因不只是現在的大學生相當遵守分際，更是因為深雪的美貌、實力與家世背景讓一般的學生覺得「誠惶誠恐」。

會來搭話的是和四葉家一樣屬於十師族或是同級名門的出身者、面對深雪的魔法力也不會畏縮的實力派，或者是有事找她的學生。

「深雪學姊，請問方便一起坐嗎？」

以自然偏高的音調這麼搭話的人，是符合家世與實力這兩個條件的一高學妹七草泉美。

「好的。莉娜也沒問題吧？」

深雪姑且詢問坐在正對面的莉娜。

「當然沒問題。話說泉美，這位是？」

莉娜就這麼坐在椅子上，抬頭看向泉美的臉發問。嚴格來說，莉娜的臉朝向泉美，視線卻朝向她旁邊。

「記得是鶴畫學妹吧？一条同學的朋友。」

回答的不是泉美，是深雪。

「是……是的。我是鶴畫黃里惠。那個，我是將輝先生第三高中的學妹，同時也是他的遠房親戚。說是朋友我擔當不起。」

「這樣啊。總之請坐吧。」

深雪這麼說的同時，莉娜起身端著午餐托盤移動到深雪身旁。

「是有話想對深雪說吧？不用客氣，坐吧？」

然後莉娜催促黃里惠與泉美坐在對向座位。

泉美笑盈盈坐在深雪正對面，黃里惠戰戰兢兢坐在莉娜前方。

「有事找深雪談的不是鶴畫學妹嗎？」

莉娜朝泉美投以傻眼表情。深雪面帶微笑看著泉美。

「話說泉美學妹，不吃飯嗎？」

「感謝您的關心。不過我們上一節課臨時停課，所以先吃過了。」

就算得到深雪的關心，泉美也沒有樂不可支，以符合容貌的穩重舉止回答。看來她也確實有所成長。

「這樣啊。既然這樣，雖然抱歉只有我們用餐，但是可以一邊吃一邊聽妳們說嗎？」

「好……好的，當然可以。其實……」

黃里惠以緊張到僵住的表情開始說明。內容是「將輝的樣子怪怪的」。最近不只是黃里惠，即使是好友吉祥寺搭話，將輝也心不在焉，即使回話也經常不得要領。

「總覺得聽起來像是相思病耶。」

和深雪一起聆聽黃里惠說明的莉娜輕聲這麼說。

「相思病？落入情網會變得心不在焉嗎？」

深雪對這句自言自語起反應這麼說。

「咦，深雪學姊……？」

泉美露出「不會吧？」的表情凝視深雪。

「啊～並不是所有人都會出現相同的症狀。」

莉娜露出「我懂了」的表情搔了搔腦袋。

「而且以深雪的狀況，從一開始就不是相思而是相愛吧？」

「哎呀，所以我連初戀都還沒經歷過嗎？」

「或許吧。話說回來……」

莉娜朝著深雪誇張聳肩，然後看向黃里惠。

「鶴畫學妹，怎麼了？總覺得妳看起來受到了什麼打擊。」

聽到莉娜這句話，深雪與泉美的視線也集中在黃里惠身上。

「我一直隱約覺得是這麼回事。請問將輝先生的心上人果然是司波學姊嗎……？」

黃里惠像是強忍淚水般低頭。

「唔～我覺得這次應該不是。」

但是這個問題被斷然否定，黃里惠猛然抬頭。

「而且剛才的將輝樣子怪怪的。」

莉娜與深雪先前移動到其他教室的途中，有遇見帶著吉祥寺的將輝。

「是這樣嗎？」

「深雪妳沒察覺嗎？他以理性的眼神看著妳喔。」

聽到莉娜指出的問題點，深雪稍微歪過腦袋。

「但我覺得這樣很正常啊……」

「他以『正常』的眼神看妳就是一種異狀喔。」

「異狀……？」

深雪也正要開口，但是黃里惠先對這兩個字起反應。

「對，異狀。」

莉娜點點頭，像是被自己這句話觸發般低語。

「……也對，那副模樣感覺不是單純的相思病。他周圍是否有發生什麼奇怪的事，還是仔細調查一次比較好。」

「──知道了，我會確認看看。」

黃里惠以下定決心的表情點頭。

◇◇◇

九月十五日星期三的夜晚。舊曆是八月十三日，中秋節的兩天前。接近滿月的月亮高掛在清澈無雲的天空。雖然不是適合祕密行事的夜晚，但幸好巳燒島這裡是太平洋上的島嶼。和其他陸地的距離沒有遠到可以稱為絕海孤島，卻是可以不必在意周圍目光的偏僻地帶。

晚上八點。在達也、深雪與莉娜的注視之下，光宣與水波從衛星軌道上降落。

五人從虛擬衛星電梯的起降處，移動到達也與深雪待在巳燒島時使用的住家。眾人一起吃完晚餐之後，飯廳留下三名女性享受茶水時光。達也則是帶光宣前往住家旁邊的管理大樓（四葉家巳燒島分部）地下，他專屬的個人研究室。

「那就拜託了。」

「確實收到了。」

達也將香巴拉的寶杖保管在這裡。

「達也，暫稱『天罰業火』的大規模破壞魔法記錄的石板要是無法取下……」

關於殘留在遺跡的魔法要如何封印，達也他們想到的方法是從遺跡取下記錄該魔法的石板魔導書並且回收。

「真的就算破壞遺跡也沒問題嗎？」

而且如果無法從遺跡壁面取下魔導書，那就破壞遺跡本身，埋葬這個危險的魔法。這是預先決定的方針。

「我懂你的心情。破壞堪稱人類共同財產的文化遺產，我也會感到猶豫。」

光宣在這時候再度確認這個方針，是因為和達也抱持相同的猶豫。

「但是這東西對於現在的我們來說過於危險。雖然不知道該怎麼向未來的人類道歉，不過就讓現在的文明延續到未來做為補償吧。」

「這一點和已經滅亡的香巴拉不同，是嗎？」

「但是不保證未來的人類會感謝這個結果。」

「說得也是。畢竟我們不知道未來人類心目中的最佳結果。我們只能以我們心目中的最佳結果為目標努力。」

「就是這麼回事。」

「……達也，謝謝你。我的迷惘消散了。」

「那太好了。」

光宣露出害臊般的笑容，達也以正經八百的表情向他點了點頭。

女性成員這邊很有茶會的樣子，正在進行比較輕鬆的對話。照例會有的時尚與甜點話題、共通朋友的話題，以及——有點「私密」的話題。

「……欸，水波，我從以前就想問一個問題。」

發問的莉娜雙眼因為雜念而混濁。

「好的，請問是什麼問題？」

但是水波沒察覺。就這麼毫無戒心催促發問。

「妳和光宣平常在做什麼？」

「做什麼……是指？」

水波聽不懂莉娜這麼問的意圖，歪過腦袋。

「你們在太空中就像是一直窩在同一個房間吧？」

「寢室是分開的啊？」

高千穗以太空站來說相當大。形容為巨大也不為過。兩人住起來十分寬敞。

「可是你們不必睡覺也沒問題吧？」

「並不是完全不睡，不過說得也是，睡眠的頻率降低了。」

「那麼，在同一個房間共度的時間果然很長吧？」

「這……是的。」

「高千穗比起地面的住宅還要自動化，也有管理設施的寄生人偶，自由時間應該很多吧？」

「自由時間的使用方式嗎？光宣大人經常進行魔法的研究。」

「水波妳呢？」

「我大多會以地面送來的教材吸收知識。其實也想挑戰新的料理，但是在太空滿難的……」

「除此之外呢？應該沒有老是做研究或是吸收知識吧？」

「莉娜，妳到底在期待什麼？」

看莉娜的眼神逐漸閃亮，深雪以傻眼的聲音這麼問。

「因為，水波與光宣彼此相愛對吧？既然這樣，我覺得應該也會做『那檔子事』。」

莉娜毫不害臊地展現好奇心。總之……以女大學生來說，這種程度或許算是普通吧。

「那……那檔子事……」

但是水波可不是這樣。她明顯臉紅低頭了。

「當然已經做過了吧？光宣很溫柔嗎？」

莉娜以興致盎然的表情逼問水波。

「不，那個……」

「難道……還沒嗎？你們應該也會有這種慾望吧？」

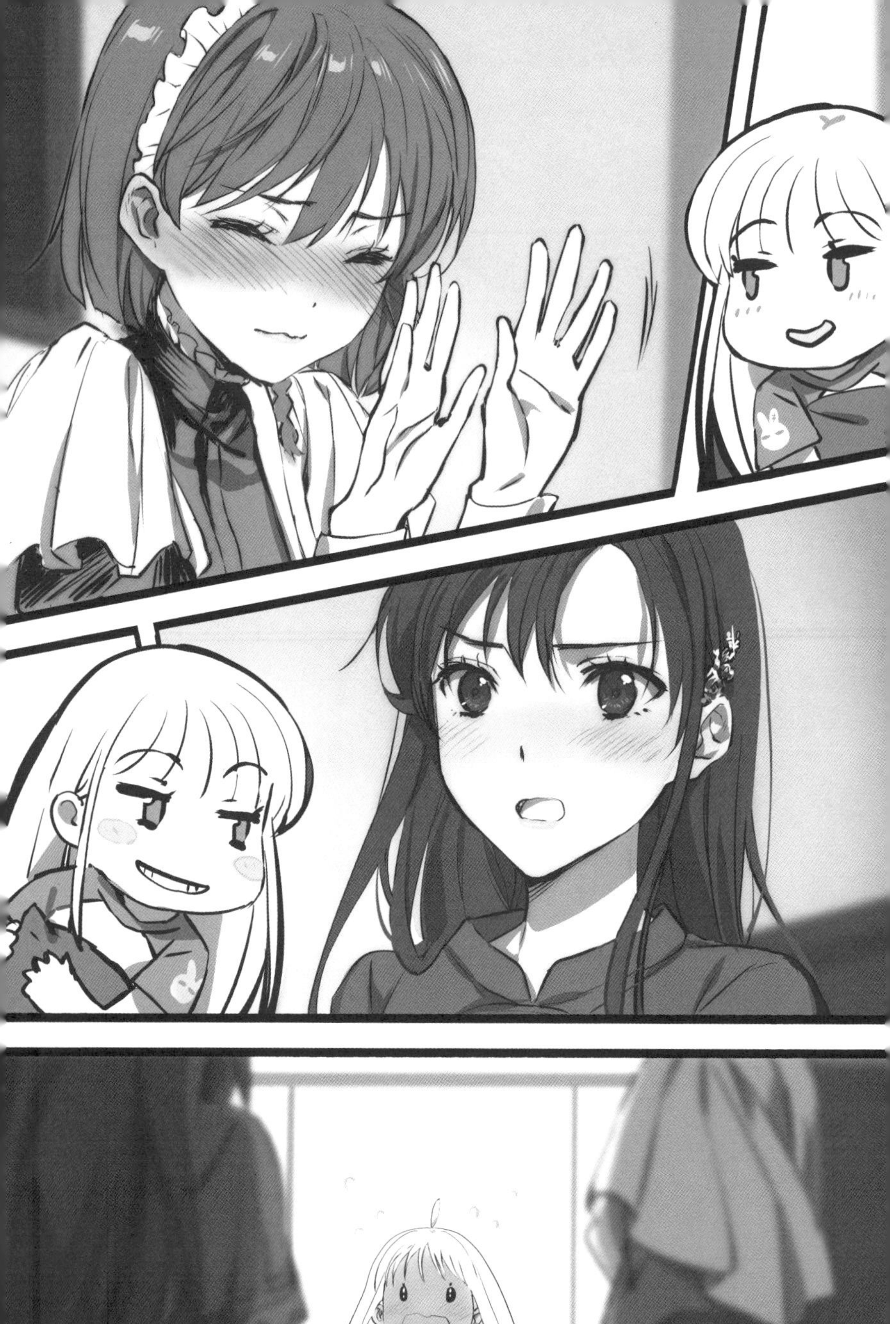

冒出「難道寄生物沒有性慾？」這個疑惑的莉娜有點焦急地發問。

「這……有的。」

水波的聲音像是隨時會消失。

「莉娜，到此為止吧。水波很可憐的。」

看不下去的深雪出言制止。她的臉頰也稍微泛紅。

「什麼嘛，深雪妳應該也有興趣吧？」

「沒……沒有啦。」

「咦，難道深雪妳也還沒嗎？」

莉娜的目標對象從水波轉換為深雪。

「真是不敢相信。這對純情主僕是怎麼回事？天然紀念物？」

但是深雪和水波不同，不是甘願成為沙包的個性。

「這麼說的莉娜妳呢？有在做『那檔子事』嗎？」

「我……我現在又沒有穩定的交往對象……」

「既然說現在沒有，那麼以前有嗎？」

「這，那個……」

「還是說，妳沒有交往的經驗？是因為害怕男性嗎？」

「沒……沒那種事啦！只是因為周圍沒有男人配得上我啦！」

「居然說這種話……雖然我覺得不可能，但妳該不會比較喜歡女性吧？」

深雪故意以雙手抱住自己的身體向後退。

「當然不可能吧！」

莉娜滿臉通紅大喊。如今被捉弄的反倒是莉娜自己。

◇◇◇

光宣聆聽達也說明對於西藏情勢的想法，水波和莉娜她們進行「和平」對話的這時候。

在沙斯塔山的西北山麓，蘿拉找到地下洞窟的入口了。這條地下通路通往不是香巴拉遺跡的另一個遺跡入口。

光宣向擔任傭人的寄生人偶下令，在他不在高千穗的時候要代為繼續監視沙斯塔山。但因為將監視的重點設定在埋藏香巴拉遺跡的東側山腰，加上高千穗很不巧地正在地球的另一邊，所以沒能發現蘿拉的動向。

【6】封印與解放

九月十六日，當地時間凌晨零點。日本時間同一天的下午四點。

光宣降落在沙斯塔山的東側山腰。他身穿厚上衣與長褲、高剛性鞋底的登山鞋。背著小型的登山包，是當天來回的登山客風格。

但他的目的地不是山頂，是地下。不是以雙手而是以單手拿的手杖不是登山杖，是達也交給他的香巴拉寶杖。

依照在布達拉宮地下遺跡取得的資料，這附近也埋藏著遺跡。地形和遺跡建設的當時有所改變，所以嚴格來說不知道正確位置，但這對於光宣來說不是什麼大問題。他取出符咒生成式神送到地下。身為「九」的魔法師，同時繼承現代魔法與日本的古式魔法，還因為吸收周公瑾的亡靈而習得東亞大陸古式魔法的光宣，製作式神的難度即使不到「和呼吸一樣」，也是「和走路一樣」一般容易。

現在生成的式神不是東亞大陸所流行，賦予虛幻實體的類型，而是日本古式魔法師所愛用，不具實體的類型。泥土或岩石都不會成為障礙，光線照不到的地底景色也鮮明傳達過來。

（……找到了。）

光宣暗自呢喃。他不到五分鐘就發現地下的遺跡。

緊接著，光宣的身體被吸入地中。

不是學達也將地面（泥土與岩石）分解為氣體挖洞，是操作地面的密度確保自己一人分的橢圓形空間，然後移動這個空間。空間移動時推開的泥土會移動到通過之後的場所，所以不會留下坑洞的痕跡。雖然使用的是現代魔法的術理，看起來卻反而近似古式魔法忍術的「土遁」。

在完全的黑暗——正如字面所述的「無明之闇」，光宣毫不猶豫持續前進。他在潛入一百多公尺深的時候暫時停止，將包覆自己的空間展開，打造一條水平的坑道。雖然隱藏在黑暗之中，但是這條坑道的終點是一片平坦的岩壁。

沒點亮任何照明的光宣在坑道前進，站到岩壁前方。他將右手寶杖前端的寶珠按在岩壁。部分岩壁發出沉重的聲音滑動，開啟了邀請光宣入內的大門。

◇◇◇

以蕾娜為首的ＦＥＨＲ一行人，下榻在沙斯塔山西方城市芒特沙斯塔的某間旅館。

「這是？」

在其中一間客房內，蕾娜以響亮到不像是呢喃，清晰得不像是夢話的聲音這麼說，從床上撐起身體。

「又醒了嗎？怎麼了？」

同房的愛拉在起身的同時從旁邊的床上發問。她的聲音殘留少許睡意。

「不，我剛才在睡覺……但是好像聽到某處有門打開的聲音。」

「某處是哪裡？知道是什麼門嗎？」

「不知道。說不定只是作了一個夢……」

蕾娜的聲音像是沒有自信般愈說愈小聲。

「就算是夢，也不一定毫無意義。Milady，如果不會造成負擔，要不要試著回想看看？」

被愛拉的認真語氣鼓勵，蕾娜再度面對自己剛才感覺到的東西。

「感覺是在地底。或許是沉重的石門逐漸滑動的聲音……」

「……應該不是地獄的大門開啟吧？」

愛拉不是在消遣蕾娜。她認為以蕾娜的能力，或許連地獄大門開啟的聲音也能實際聽到——

愛拉雖然是印度人卻是基督教徒。

「真是的，妳在說什麼啦……」

蕾娜似乎覺得自己被調侃了。但是愛拉的表情不是在開玩笑。

「……沒有不祥的印象喔，反而還感覺到善性。」

「這樣啊……」

聽到蕾娜這麼說，愛拉露出安心的表情。

「但是既然Milady感覺不到邪惡，那麼應該不是ＦＡＩＲ。」

「我想應該和他們沒有關係。不過前提在於這不是夢。」

蕾娜有點害羞地補充後面那句話。

「不知道詳細的場所嗎？」

「不行。或許果然是夢吧。因為即使我重新試著集中知覺，也完全感覺不到同樣的氣息。」

愛拉投以期待的視線，蕾娜像是愧疚般對她搖了搖頭。

站在愛拉的立場，她也不是故意讓蕾娜露出這種表情。

「……睡吧。我覺得明天最好以清醒的腦袋再調查一次。」

「說得也是。愛拉，晚安。」

結果蕾娜沒有下床，進行就寢的問候之後就這麼再度躺下。

愛拉也跟著蕾娜這麼做。

香巴拉留下的寶物庫，位於底下深處的這間石室裡，光宣以鬆了一口氣的聲音說「很好」。入侵遺跡至今花了三個小時，不過用來傳授戰略級破壞魔法的石板順利從遺跡取下了。比光宣擔心的還要容易，看來也不必造成遺跡太大的傷害。取下岩壁的一部分或許會在將來造成問題，但是光宣這方面無能為力。恐怕達也也是。

但是光宣的工作沒有因而結束。暫時命名為「天罰業火」的這個魔法，是光宣自己決定加以封印。達也也做出同樣的決定，所以兩人之間沒有起爭執。多虧這樣，並沒有因為這個魔法而發生嚴重的糾紛。

在這座遺跡，達也還有委託光宣另一份工作。達也原本想要親自造訪這裡，就是因為需要進行這份工作。如果只是封印「天罰業火」，從一開始就會交給光宣處理。畢竟能夠利用宇宙的光宣比較容易進出ＵＳＮＡ，說到隱密行動也是光宣的手法比較多。

依照先前在布達拉宮地下得知的各遺跡資料，這座沙斯塔山的遺跡是最前線的堡壘。《時輪怛特羅》記載香巴拉面對的敵人名為「拉·洛」。在《時輪怛特羅》的研究者之間大多將「拉·洛」解釋為伊斯蘭教徒（教國）。

然而在冰河期地球成為避難所也是理想鄉的香巴拉，實際存在著後世稱為「拉·洛」的敵對者。「拉·洛」是將原本的名稱視為禁忌所以簡寫、縮寫而成，如今無從得知他們其實是怎麼自稱的，只知道「拉・洛」的人們使用了意味著「解放者」的名稱來稱呼自己。

「拉・洛」的目的只能推測，但他們以游擊戰術攻擊各地的香巴拉。而且香巴拉和拉・洛在這座沙斯塔山上演了最為激烈的攻防，布達拉宮地下的遺跡記錄了這件事。

殘留在這座遺跡的魔法，比起「天罰業火」這種大規模的魔法，更以能夠用來擊退游擊隊又方便使用的戰鬥魔法為主。這在現代反而比「天罰業火」的利用價值更高。

對人、對小型集團的魔法在維安方面也派得上用場，所以不應該一概否定。實際上光宣就這麼認為。但是達也的認知方式不同。達也認為這種魔法「目前」也應該封印。

前一天，只有他們兩人待在巳燒島個人研究室的原因，就是為了協調「天罰業火」以外的魔法要如何處理。討論之後的結果就是達也託付給光宣的另一份工作。

不進行讓魔法本身再也無法使用的處置。設定成能以「遺跡的萬能鑰匙」的這把寶杖存取這些魔法，相對的，也設定成不能以寶杖以外的手段接觸這些魔法。具體來說就是讓寶杖記住安裝用的密碼，進而將遺跡本身設定為無法進入。這就是尚未完成的任務。

光宣將「天罰業火」的石板收進背包，改為取出水波做的愛妻（？）便當。以水波充滿愛情的料理填飽肚子蓄積氣力之後，光宣開始以寶杖存取岩壁鑲嵌的其他石板。

◇　◇　◇

在這個時候的日本，達也受邀參加一場飯局。設席的是國防軍的參謀總部長明山。

「謝謝您在百忙之中受邀參加。」

考慮到彼此的地位，明山向達也這「一介平民」表現出異常恭敬的態度。

「此外，謝謝您接受先前的無理要求。」

明山所說的「先前」與「無理要求」，即使沒有提到具體的內容，也很明顯是治療風間與柳的傷勢那件事。

「不客氣，他們對我來說也不是外人。」

達也也猜到明山不是為了道謝這件事而找他過來。他平淡回應並且隨時準備進入正題。

用餐到一個段落之後，明山開始說起這件事。

「對於中立國遭受的非法攻擊要是不予以反擊，站在國家的立場只會被瞧不起。這不只是權威或尊嚴的問題，會成為外交上的弱點。」

這是理所當然。達也回應「這我理解」點了點頭。

「我們預定從西藏撤離觀戰武官團，派遣艦隊前往台灣海峽。」

「甚至不惜開戰嗎？」

「我認為演變成這樣的可能性不高。雖然或許會花點時間，但是只要這邊不改強硬態度，應該能誘使大亞聯盟讓步。」

「以那個國家的作風，或許會無視於這邊的盤算而失控。」

對於達也提出的擔憂，明山果斷告知「已經做好心理準備」。

「只不過，派遣艦隊的話會牴觸中立國的條件，今後將無法繼續參加觀戰武官團。」

「光是派遣軍隊前往國際海峽，肯定不會被視為敵國，但應該很可能拿出這個藉口吧。」

外交經常有著「先說先贏」的一面。即使是在傳統的兩國外交不通用的歪理，在多國外交的場合也會因為隨聲附和而實際左右狀況。就算在國際海峽航行的時候沒有行使武力，要斷定是敵對行為也沒那麼困難。

而且明山想做的這件事，實際上是敵對的示威行動。即使主張「繼續維持中立」或許也缺乏說服力。

「但是從西藏戰爭收手，以外交來說也不是好的決定。」

達也沒提出任何意見，卻也能理解這件事。這次的戰爭不只是達也的煽動，推測明山也有暗中搞鬼。真田委託達也傳話給拉什・辛格就是根據。

「這部分想和您商量一下，之前風間委託的那件事，可以請您再考慮看看嗎？」

「是文民監視團的那件事吧？」

果然是這件事嗎？達也心想。明山會在這個時間點提出的委託，應該是參加文民監視團的這件事。達也來到這場飯局之前就如此預測。

「四葉家當家提出的條件已經達成，之後端看司波先生您的意願。」

「知道了，我接受。」

「喔喔……！」

看見達也點頭，明山由衷發出感嘆。

「雖然沒辦法常駐，不過如果每週去一天的頻度可以接受，請容我協助。」

「好的，這樣沒問題。」

「我要以自己的噴射機前往當地。加德滿都的機場可以使用嗎？」

「這邊會安排讓您可以使用特里布萬機場。」

達也提出的條件，明山二話不說就答應。不知道是正確預測到這個要求，還是非常想要拉攏達也。

達也這邊也正需要一個參與西藏戰爭的藉口，所以即使受到操弄也不以為意。

◇◇◇

光宣從地下回到地面的時候，時間是當地時間晚間七點半。他鑽入地底將近二十小時。

在遺跡要進行的任務全部完成。暫稱「天罰業火」所記錄的石板收在光宣背上的背包，殘留在遺跡的其他魔法存取權被登錄在寶杖。

然而並不是所有任務就此完成。

「……畢竟難得帶來了，就用這個吧。」

光宣的這段呢喃，是為了避免猶豫改用其他手段而對自己說的。

他拿在手上注視的是儲存魔法式的人造聖遺物「儲魔具」。儲存的是發散系魔法「石棺」。這個名稱源自於某座核子反應爐發生事故之後將其包覆的水泥建造物。

在四大系統八大類的現代魔法之中，發散系魔法是控制物態變化的魔法。「石棺」是將固體的位置與溫度固定，就這麼將其變化為液體，成為各種分子均勻混合的狀態之後回復為固體的魔法。受到「石棺」干涉的砂土，會從「冰涼的熔岩」變成一整塊岩石。

如果只是要發動這個魔法，光宣不需要外力協助。現在之所以使用儲魔具輔助，是因為目標對象的設定很複雜。

將對象設定為遺跡石室周圍的砂土，石室本身排除在魔法對象之外。以這種方式指定魔法的目標對象，是非常高階的技術。因為魔法干涉的是「單一事象」，原本不能針對某個部分或部位產生作用。

石室的大小已經從布達拉宮地下遺跡取得的資料得知。根據資料定義「石棺」效果範圍的魔法式儲存在儲魔具。

儲存在儲魔具的「石棺」，光宣以地下一百數十公尺深的石室為中心，在長十六公尺、寬八公尺的橢圓球體空間發動。

儲魔具內部魔法式所定義的事象干涉對象不是完美的橢圓球體，是自然變形而且表面凹凸的空間。

依循這個定義形成的岩石，封鎖了埋在地下深處的遺跡。

封印遺跡完畢之後，光宣立刻回到宇宙。

自己是偷渡入境又被當成魔物的非人生物。基於這個立場，光宣辦完事情當然不會久留。

然而如果他在這裡多待兩個小時，事態肯定會朝著別的方向展開。

◇◇◇

蘿拉在沙斯塔山西北山麓找到的遺跡是拉・洛留下的。

光宣回到宇宙的兩小時後，蘿拉帶著狄恩成功入侵拉・洛的遺跡。

「毀掉門也沒關係嗎？」

「需要的東西不是遺跡本身，是保管在裡面的遺物。」

蘿拉發現了拉・洛的遺跡，卻不像達也取得鑰匙。她只是以當成使魔支配的「巴別」從魔為線索找到這裡，並不是依照正規的步驟抵達遺跡。

他們為了入侵遺跡而使用的是削岩機與水泥切割機。大概是從哪裡挖洞都沒關係，雖然在判斷入口的時候使用魔法，但是「開啟」入口的手段是機械文明的利器。

拉・洛的遺跡和香巴拉的遺跡一樣是石室，大小卻比光宣封印的石室小一號。此外，不同於除了鑲嵌石板的岩壁以外空空如也的香巴拉遺跡，拉・洛的遺跡內部很雜亂，給人匆忙上鎖棄置的印象。

進入遺跡的不只是蘿拉與狄恩兩人，還有朱元允派來的工兵。以文明利器製造入口的也是他們。朱元允的部下們從散亂的雜物堆裡挑出黑色石板，塞進自己的背包。狄恩與蘿拉都沒責備。不到一個小時，遺跡內部就處理完畢。表面看起來和導師之石板相同的黑色石板，全部收進朱元允部下的背包。

「我們要留在遺跡調查一段時間。請在明晚，我想想……在八點左右來接我們。」

蘿拉向工兵部隊的隊長搭話。男性隊長觀察狄恩的表情。

「就這麼做吧。」

狄恩隨後認可蘿拉這個請求。

工兵部隊揹起背包，回到通往地面的地下洞窟。

在剩下兩人的遺跡裡，蘿拉開始將地面殘留的遺物或遺物殘骸清理到牆邊。

「我來幫忙吧。」

大概是從中發現某種意義，狄恩主動協助清理。幸好石室沒有很大，這項作業約二十分鐘就結束。

「那麼……蘿拉，妳應該會說明吧？」

「那當然，閣下。」

蘿拉跪在狄恩面前，額頭貼在石地。

「勞煩您協助真的很抱歉。但是祭壇必須由接受儀式的本人親自清潔。沒聽我說明也能察覺這一點，不愧是閣下。」

「既然說是祭壇，那麼這才是真正的遺產吧？」

聽到蘿拉的吹捧，狄恩沒有得意忘形，卻也沒有訂正這個認知。他只任憑興趣的驅使，詢問自己想知道的事。

「正是如此，閣下。這間石室的地面正是閣下尋找的魔導書。」

「但妳不是說遺跡本身沒有意義嗎？」

「因為當時場中有其他人在。」

對於狄恩來說，朱元允是同胞以及恩人。他的部下也算是同伴。然而對於蘿拉來說，朱元允與他的部下都只是外人。

「嗯……」

狄恩沒露出笑容，但是看起來也沒什麼不滿。老實說，比起恩人或同胞，他也覺得讓自己增強實力比較重要。

「話說回來，這還真大啊……」

狄恩思考的是和「巴別」石板的差距。

「應該代表這裡隱藏的魔法就是這麼高階吧。」

「嗯……知道是什麼樣的魔法嗎？」

「好的……」

蘿拉說完再度將額頭貼在地面。看來剛才的姿勢也不是在跪拜，是在調查遺跡的魔法。

「……閣下，請您開心一下吧。」

蘿拉面帶笑容抬起頭。雖然是花朵般的笑容，卻因為具有毒性般的魅力而不像是普通植物。刻意要形容的話，應該是色彩鮮豔的食蟲植物瓶子草吧。

「保管在這裡的魔法，不會損害閣下現有的魔法。閣下不會失去『戴歐尼修斯』，並且獲得更為強大的力量。」

「這種事有可能嗎？具體來說是什麼樣的魔法？」

「是的。記載在這裡的魔法名為『加拉爾』。是和『戴歐尼修斯』相同系統的魔法，引誘多數人陷入好戰的狂亂狀態。」

「是不同於『狂戰士』或『狼附身』的魔法嗎？」

狄恩列舉的魔法都能剝奪人類的理性促使相互廝殺，是蘿拉擅長的魔女之魔法。

「規模不一樣。『狂戰士』或『狼附身』終究只能用在少數人身上。『巴別』依照使用方式可以攻陷都市，卻要花一些時間才能生效。不過這個『加拉爾』能以匹敵現代魔法師所說戰略級魔法的規模，打造出悲慘無比的地獄。」

蘿拉像是著迷般說明遺跡的魔法多麼「美妙」。不，或許是陶醉在毀滅性魔法帶來的末日幻想。

「喔！具體來說是什麼樣的魔法？」

而且狄恩的眼睛也混濁染上類似的顏色。

狄恩躺在遺跡的地面。沒有枕頭，後腦勺直接碰觸地面。蘿拉在旁邊以野獸般的低沉聲音唱著不是人類語言的歌，同時就這麼坐著表演奇怪的舞蹈。

彷彿海藻在海底搖曳的動作。

或者像是奇幻小說所出現，會捕食旅行者的妖樹之舞。

狄恩動也不動躺著，但是也沒有完全入睡。他的心在清醒與睡眠的縫隙漂浮。

妨礙完全入眠的是蘿拉的歌舞，是以此編織而成的魔女之魔法。

她已經唱歌跳舞將近十個小時。雖然清醒卻沒有意識。從開始跳舞的時候，她的精神就處於傳思狀態。

知識從直接碰觸的遺跡地面注入狄恩腦中。不是可以思考的知識，是被植入的知識。為什麼是這樣？是什麼東西使其這樣？無關於這種邏輯思考，他學會了……更正，被迫學會了使用方法與效果。

這場異教的奧祕儀式持續了半天之久。

◇◇◇

ＦＥＨＲ一行人正在沙斯塔山西方一座小鎮的餐廳吃晚餐。是從一個世紀之前就進軍日本的大眾連鎖餐廳。

不高級卻實惠又大份的料理，蕾娜慢慢送入口中。不只是同性的愛拉，遼介與路易・魯也配合蕾娜的速度，和樂融融地一邊交談一邊用餐。

然而成為這股悠閒氣氛核心的蕾娜，忽然就這麼拿著刀叉站了起來。

坐在旁邊的愛拉連忙扶住快要倒下的椅子。

「Milady？」

愛拉疑惑詢問發生了什麼事，聲音卻沒有傳入蕾娜的意識。

蕾娜露出失去血色的鐵青表情，嘴唇微微顫抖。

「Milady，到底怎麼了？」

正對面的遼介稍微加重語氣發問。

即使如此，蕾娜還是沒有反應。

「Milady！」

愛拉站起來搖晃蕾娜的肩膀。

蕾娜終於起反應看向愛拉，但她的雙眼沒聚焦在愛拉身上。

「…………」

蕾娜輕聲呢喃。

愛拉將耳朵湊到她的唇邊。

「不行……那樣不行……」

「Milady？什麼東西不行？」

「……不可以對那個東西出手……×××會來……」

「什麼東西會來？」

愛拉有種非比尋常的不祥預感，聲音變得粗魯。

「會來……要來了……」

「蕾娜？」

愛拉呼叫蕾娜的名字，劇烈搖晃她的肩膀。

「愛拉……」

蕾娜的雙眼終於看著愛拉。

「必須阻止才行……可是……阻止不了……」

蕾娜閉上眼睛，放鬆力氣。

愛拉連忙扶住差點倒在地上的蕾娜。

◇　◇　◇

「肖拉中尉！」

「斯琵卡少尉，妳也感覺到了嗎？」

在蕾娜站起來的同一時刻，前來搜索蘿拉・西蒙的STARS肖拉與斯琵卡兩人，也感覺到邪惡的想子波動。

「從這裡往東北東方向對吧？」

「我也這麼認為。」

斯琵卡點頭回應肖拉的問題。兩人率領的STARS搜索隊，將據點設在沙斯塔山的西北西方，一座名為「卡里克」的城市。

「應該是餘震之類的，但是還沒停……」

肖拉以呢喃般的語氣這麼說，斯琵卡點頭回應「說得也是」。

「派無人機飛過去吧。或許現在還來得及確定位置。」

然後斯琵卡如此提案。

「就這麼做。」

這次是肖拉點頭回應，命令隊員派飛偵察用的無人機。

◇◇◇

九月十七日午後，狄恩接受的奧祕儀式經過長達半天的時間之後成功了。引誘人們進行破壞與殺戮的邪惡魔法「加拉爾」終於寄宿在狄恩體內得到解放。

但是在這之後，狄恩從半夢半醒深深進入完全的睡眠，蘿拉也從昏迷狀態落入夢鄉。兩人清醒的時候是夜晚，即將是和朱元允部下相約會合的時間。

「閣下，您感覺如何？」

「感覺很差……」

蘿拉關心發問，狄恩板著臉回答。似乎光是發出聲音就很辛苦。他的身體狀況差到像是最壞的暈車狀態，或者是喝太多劣質合成酒導致內臟翻騰的宿醉。

「動得了嗎？」

「等我一下。」

狄恩撐著膝蓋慢慢站起來。他的雙腿微微顫抖，蘿拉見狀連忙伸手要扶。

「——不需要。」

狄恩朝蘿拉伸出手心，制止她的協助。

「走吧。」

然後狄恩走向以削岩機與水泥切割機挖開的遺跡出口。

「閣下，在這裡等比較好……」

「不必躲藏也沒關係。追兵正在接近吧？」

「——！」

對於狄恩指出的事，蘿拉無法反駁。

這是事實。此外，狄恩以現在的狀態居然能察覺追兵的氣息，令她過於意外。

「身心都處於最差的狀態。但是……」

狄恩得意洋洋地傲慢揚起嘴角。

「不知為何，知覺被研磨到前所未有的靈敏。」

「閣下，我來帶路。」

蘿拉沒阻止狄恩，改為站在他的面前而不是身旁。

「我准。前進吧。」

「是，閣下。」

蘿拉與狄恩在地下洞窟開始朝著洞外緩慢行走。

◇ ◇ ◇

肖拉中尉與斯琵卡少尉率領的STARS搜索隊穿上飛行戰鬥服「推進裝甲」，在沙斯塔山的西北山麓散開。

午後捕捉到的魔法波動，搜索隊沒能查出正確位置。無人機的感應器不到十分鐘就追丟想子波。不是感應器故障，應該是洩漏想子波的魔法師睡著、昏迷或是死亡。

即使目標對象死亡，也必須確認屍體。在遼闊的山麓尋找冰冷無語的屍體想必相當困難。相對的，如果目標對象活著，應該能以白天捕捉到的想子波追蹤。基於這個理由，搜索隊成員頗為真心希望目標對象存活。

夜晚將近八點。搜索隊的心願實現了。

『肖拉中尉，捕捉到和白天相同的想子波形了。』

肖拉收到斯琵卡的報告。

「這邊也有偵察到訊號。」

肖拉也同時捕捉到這個想子波。

又有兩個小隊傳來相同的報告。組合這四份偵察資料，成功查出了目標對象——蘿拉的所在位置。

◇◇◇

蘿拉在即將走出洞窟的十幾公尺處停下腳步。

「蘿拉，怎……」

「怎麼了」這三個字問到一半，狄恩就停止發問。

「……發現了嗎？」

因為片刻之後，狄恩也知道了蘿拉停下腳步的原因。

「閣下，您意下如何？」

蘿拉就這麼看著前方詢問狄恩。

「雖然不知道是誰，但我不希望那座遺跡被別人知道。幸好似乎還不到被包圍的程度。離開這裡吧。」

「洞窟的入口不用偽裝也沒關係嗎？」

「留下魔法的痕跡反而不妙。」

「遵命。」

蘿拉取出像是藥丸的物體，咬碎之後吞下。

「閣下，請上來。」

然後她背對狄恩蹲下。

狄恩毫不猶豫讓蘿拉揹他。

「非常抱歉，預估只撐得了五分鐘。」

剛才的藥丸是蘿拉自己調合的魔女之藥，用來輔助強化肉體的魔女術。

「沒關係。盡可能遠離這裡。」

狄恩在她的背上理所當然般下令。

「是，閣下。」

蘿拉對此也不抱疑問。

在遠離洞窟約五百公尺的位置，狄恩從蘿拉的背上回到地面。

「閣下，請躲在那邊的岩石暗處。」

岩石交疊成為三個方向看不見的天然藏身處，蘿拉發現之後指向該處。

狄恩聽話躲了進去。安裝了情報量龐大的遺跡魔法造成影響，他依然處於無法充分使用魔法的狀態。

蘿拉和狄恩拉開距離，以右手取出刀子劃過自己的左手。傷口很淺。血只沾在刀刃上，不到滴落的程度。

她高唱和四大天使呼應的墮天使——格里戈里之名，以刀子畫出逆五芒星。

格里戈里的原義是「看守者」。蘿拉使用的魔法可以感應到具有敵意的對象接近。

此外，她唱名的墮天使裡，包括了具有邪視能力的墮天使。她現在行使的魔女術不只是能感應到敵人，也有降低對方能力的效果。

雖然這麼說，但是和其他魔法一樣，魔女的魔法並非萬能。到頭來，是否能發揮降低能力的效果，端看彼此的實力差距。蘿拉也沒有因為發動「墮天使召喚」的魔法就安心。

蘿拉稍微將注意力集中在封入「巴別」從魔的血石，卻立刻移開注意力。那個魔法必須用在有許多人的都市區域才有效果，在少數人的戰鬥中發動也沒什麼用處，她已經在日本經驗過了。

完成迎擊的準備，等待敵人前來。

蘿拉感覺等了一個多小時，實際卻是約五分鐘後接觸敵人。

◇◇◇

STARS的搜索隊陷入混戰。

『……ＦＡＩＲ居然還有這麼多的戰鬥員，我可沒聽說。』

斯琵卡在推進裝甲內部發牢騷。STARS認為蘿拉與狄恩是兩人一起逃亡，但是現在不知為何正在和大約三十名敵人交戰。

這次是廣範圍的搜索，STARS這邊聚集的人數也和對方差不多，然而大半是感應器或無人機的操作員，戰鬥員包括肖拉與斯琵卡在內只有六人。

當局內部的爭權鬥勢造成影響，無法投入多數的戰鬥員。

『看來不是ＦＡＩＲ的成員。資料庫有符合的照片。』

聽到斯琵卡頭盔內建的通訊機傳來的牢騷話，肖拉如此回應。

『他們好像是三合會的成員。』

「三合會？中國黑幫嗎？」

『與其說是罪犯應該是士兵。』

三合會原本是「反清復明」，也就是漢族為了從滿族手中奪回東亞大陸統治權而成立的游擊軍。但是軍事在各方面都需要錢。為了賺取軍用資金而走上犯罪之路，簡直是世界各地游擊組織既定的命運，但是三合會順利維持戰鬥組織的本質至今，在成功「反清復明」之後成為洪門的私兵效力。

「看來也有混入魔法師，是和大亞聯盟掛勾嗎……？」

『我覺得沒有。沒收到三合會是大亞聯盟機動部隊的情報。少尉妳比較清楚這一點吧？』

「我確實沒聽說過這種事……」

斯琵卡是在諜報方面的才能受到賞識而被徵召的魔法師。也曾經被要求不是分發到STARS而是DIA。她在軍中接受的教育也偏向這方面，人脈也大多是諜報領域。如果美國洪門和大亞聯盟密切合作，這份情報肯定會在肖拉收到之前傳入斯琵卡耳中。

『實力以戰鬥魔法師來說不錯，卻不是我們的對手。就這麼排除抵抗，逮捕首要目標吧。捕捉到行使精神干涉系魔法的徵兆了，恐怕是古式魔法的魔女術。目標對象肯定在那裡。』

肖拉傳送了附上標記的地圖過來。目標對象很可能在該處。

斯琵卡啟動推進裝甲的飛行功能上浮到空中。她無視於三合會戰鬥員施加的攻擊，前往標記指示的場所。

◇　◇　◇

（從空中？飛行演算裝置嗎？）

蘿拉捕捉到急遽接近的敵方氣息。雖然沒料到朱元允的部下會保護他們兩人，但是看來以結果來說沒派上用場。對方有運用飛行演算裝置，那麼至少是州警的維安部隊，最壞的狀況也可能是聯邦軍。

東北與西南。氣息從兩個方向急遽接近。

（來了嗎？）

身穿深色戰鬥裝融入夜空的人影。蘿拉以「看守者」的魔法捕捉到對方行蹤，同時發動「邪視」。

（……沒效嗎？）

「邪視」的魔法可以降低對方的肉體機能甚至致死，但這次沒傳來確實的手感。不只是魔女術，古式魔法整體來說都是這樣，想得到充分的效果就必須進行長時間的儀式。以簡略儀式發動的魔法對於抵抗力強的對手不管用。

降落的其中一名裝甲戰士投擲匕首。匕首以看不見的速度射來，刺入蘿拉的大腿。

◇◇◇

（發現目標！）

斯琵卡認出蘿拉的身影，降落在地面。雖然覺得遭受魔法性質的干涉，但因為沒有效果所以無視。

她在著地的同時投擲匕首。

「雷蜂匕」。這是STARS所擅長，和武器併用的魔法之一。是以移動系魔法操縱帶電匕首射向敵人的魔法。在造成傷害的同時以靜電讓敵人觸電，達到不殺害就剝奪其戰力的目的。

匕首精準刺進蘿拉的大腿。斯琵卡心想任務完成了。但在下一瞬間，她感覺大腿傳來劇痛。像是刀子深深刺入的痛楚。強烈的麻痺感從「傷口」擴散到全身。簡直像是中了「雷蜂匕」的劇痛。

這是魔女的自動報復魔法「復仇的三女神」造成的。回溯魔法式投射的路徑，將自身受到的痛苦反射回去的魔法。投入充足時間將自己身體當成魔法陣建構的這個魔法，其干涉力足以突破STARS的魔法防禦。

斯琵卡無法以雙腿支撐身體而摔倒。

反觀蘿拉維持大腿被匕首刺中的狀態繼續站著。

魔女是專門干涉「人類」這種事象的古式魔法師。不只是別人的肉體與精神，也包括對於術士自己的干涉。

蘿拉阻絕了插在右腿匕首所傳來的痛覺，命令被電擊麻痺的肌肉繼續站著。

緊接著，蘿拉感受到像是後腦勺被毆打的痛楚。不是物理攻擊。她立刻明白是精神干涉系現代魔法「精神打擊」造成的傷害。

雖然受到的傷害幾乎使得意識層級減半，蘿拉卻把意識一分為二，將傷害集中在其中一邊，藉以確保續戰能力。然而她自己知道就算這樣也撐不了多久。

蘿拉從喉頭擠出嘶啞的高音，無法辨識是唱歌還是祈禱的「聲音」。改造自己的喉嚨，藉以同時發出複數的「聲音」。複合重疊的音韻成為具備魔法層面意義的記號，發揮的功用等同於CAD輸出的啟動式。這是魔女發明的縮時詠唱技術。

使用的魔法名為「死亡天使」。在「聲音」傳達的範圍內麻痺一名敵人的心臟，干涉「人類」這個事象引發心臟麻痺的詛咒。

蘿拉不是朝著使出「精神打擊」的肖拉，而是朝著被「復仇的三女神」命中倒地的斯琵卡施放這個魔法。

對方是幹練的魔法師。這個魔法用在萬全狀態的對象可能無效，還不如鎖定虛弱的敵人比較容易突破困境——蘿拉如此判斷。

這個判斷是正確的。

原本掙扎著想要站起來的斯琵卡，按住胸口蜷曲身體。雖然被頭盔擋住而看不見斯琵卡的表情，卻能以氣息感覺得到她頭盔底下的臉蛋肯定痛苦扭曲。

（好啦，會怎麼出招？）

蘿拉觀察肖拉的動向。老實說，她已經達到極限。肖拉的「精神打擊」果然在蘿拉身上留下嚴重的傷害。

蘿拉已經只能使用簡單的魔法了。現狀連自動發動的「復仇的三女神」都很難發動。如果這個敵人比起同伴的安危更以任務為優先，蘿拉只能束手就擒。

蘿拉心想這也在所難免。幸好對方似乎沒察覺狄恩的存在。會被逮捕的應該僅止於自己。對方恐怕是公家機構的人。總之應該不會被施暴出氣。

之後不知道是洗腦還是人體實驗。無論對方打算怎麼做，蘿拉認為應該有充分的時間逃走。

但是幸好蘿拉的擔憂以多慮收場。

「斯琵卡少尉！」

蘿拉聽不到這個聲音，但肖拉如此大喊並且飛向斯琵卡，降落在倒地的斯琵卡身旁，蹲下檢視裝甲的生理監測儀。

這是大好機會。

但是說來可惜，蘿拉沒有反擊的手段。現在唯一的選擇是逃走。

蘿拉任憑匕首刺中的大腿流血，跑到狄恩藏身的岩石暗處。她已經沒有魔法力能夠自行強化身體，不過只要使用魔女的藥，肯定可以揹著狄恩離開這裡。

思考這種事並且看向岩石暗處的蘿拉差點驚叫出聲。

躲在岩石暗處的不是狄恩。是東亞血統的短髮男性。

「我是朱大人的部下。」

這名男性在嘴巴前方豎起食指，指示蘿拉別發出聲音並且如此自稱。

「狄恩先生已經帶離這裡。西蒙小姐由我來運送。」

「運送……？」

面對這個出乎意料的展開，蘿拉沒能理解狀況，像是智商退化般復誦男性的話語反問。

「那條腿應該無法好好跑吧。請上來。」

男性說完之後背對蘿拉蹲下。

「上來？」

「來吧，快點！」

在男性催促之下，蘿拉戰戰兢兢被他揹起來了。「真的可以相信這個男的嗎？」這份戒心掠過意識，但是這個聲音沒有強烈到足以促使蘿拉行動。

男性站起來開始奔跑。

景色超高速被拋到身後。與其說是奔跑，感覺更像是在地面滑行，或者是緊貼著地面飛行。

「這是……『神行法』？」

這份驚訝令蘿拉的意識變得正常。她只知道東亞大陸的高速行進魔法「神行法」這個名稱。

「不，這不是『神行法』。」

雖然出乎蘿拉的預料，但是揹著她的男性回答了她的問題。

「這是名為『風火二輪』的道術。是以法術重現中壇元帥的法寶。」

中壇元帥是道教之神──哪吒太子的尊稱。其樣貌在《西遊記》、《封神演義》等民間傳承或小說之中廣為人知。

「風火二輪」是這位哪吒太子的交通工具。據說是雙腳直接踩在車輪上的形式，在生風噴火的同時翱翔於天際。

模擬這個法寶的道術（東亞大陸流古式魔法）是性能受限的飛行魔法。飛行高度是離地數十公分，軌道只能朝左右兩側修正，以直排輪的要領驅動雙腳轉彎。無法越過障礙物，一旦煞不住就會自爆。

但是和原始傳說不同，改良為不會生風或噴火，所以隱密性很高。由於魔法定義為「朝著跨出去那條腿的趾尖方向前進」，所以也不會因為重複改變事象而產生干涉力增大的問題。雖然需要時間與天分才能熟練，卻是適合祕密潛入或逃離的魔法。

剛才之所以沒被蘿拉的「墮天使召喚」發現，也是這個特性使然。朱元允的部下揹著蘿拉，以超過時速六十公里的速度脫離現場。

◇◇◇

肖拉以生理監測儀確認斯琵卡發生心臟麻痺的症狀，立刻進行急救。強制開啟斯琵卡的推進裝甲，施打和生理監測儀連動的醫療ＡＩ建議的強心劑。由於呼吸停止，所以進行人工呼吸與心臟按摩。

肖拉拚盡全力的急救，以斯琵卡回復自主呼吸的形式獲得回報。

確認斯琵卡脫離危機之後，肖拉向搜索隊詢問蘿拉的下落。

然而沒有任何人掌握她的行蹤。

重點配置在這附近的感應器，沒能捕捉到魔女術的痕跡。

【7】嚴重的幕間劇

「小蕾，妳覺得黃里惠小姐說的是什麼事？」

「我想唯獨將輝先生應該不會沉迷於奇怪的娛樂……但是黃里惠小姐前來拜託我們，應該是確實有發生某些怪事。」

進行這段對話的兩名女高中生——一条茜與一条蕾拉（劉麗蕾），正前往茜的哥哥一条將輝租住的公寓。

今天是星期日。兩人利用高中的假日，前來確認黃里惠先前打電話討論的將輝異狀。

黃里惠與蕾拉是曾經在將輝本人面前爭奪女友寶座的死對頭。雖說是「爭奪」，實際上只是兩人單方面要求將輝交出女友寶座。

但是在那天之後，無視於其中一方當事人將輝的意願，蕾拉與黃里惠將彼此視為情敵，所以肯定不願意因為將輝的事情而拜託對方。至少蕾拉不想拿將輝的事情拜託黃里惠。

但是黃里惠向茜與蕾拉求助了。恐怕是認真擔憂將輝面臨某種「不好的事情」吧。茜與蕾拉都不認為這是單純的多心——此外茜並不是有什麼戀兄情結，單純只是以近親的立場關心。

今天的造訪沒通知將輝。因為要是將輝預先藏起被看到會很麻煩的東西，就無法達成此行的目的。但也因為是無預警的造訪，所以也可能撲空。考慮到這一點，茜向母親借了備用鑰匙，不過看來沒這個必要。

『茜？還有蕾拉小姐也……怎麼突然跑來？』

按下門鈴之後，對講機傳來將輝吃驚的聲音。

將輝吃驚也在所難免。茜與蕾拉經常造訪將輝的公寓，卻是第一次沒有事先說好就過來。

「總之開門啦。」

對於茜的要求，將輝回應『門沒鎖所以進來吧』這句話。

茜轉動門把。正如將輝所說沒有上鎖。

茜與蕾拉轉頭相視。將輝至今從來不會不鎖房門。雖然可能是小小的變化，茜她們卻明顯覺得不對勁。

茜慢慢打開門。剛才對講機傳出的無疑是哥哥將輝的聲音，但是該不會有不認識的某人躲在哥哥的房間吧……茜被這份染上妄想的警戒感囚禁。

茜慎重看向房內。

「……妳在做什麼？」

眼前是傻眼的將輝。無疑是本人。茜放鬆緊繃的心情，差點當場癱坐。

「將輝先生，打擾了。」

蕾拉從茜的背後探頭打招呼。

「歡迎。請進來吧。」

將輝客氣回應蕾拉。即使在法律上成為堂兄妹的關係，將輝的態度依然和蕾拉來到日本當初——還是逃亡的國家公認戰略級魔法師那時候沒什麼變。

蕾拉推著茜的背，一起進入將輝房間。跨過門檻的剎那，蕾拉表情一顫。從玄關進入室內，將輝關上門的瞬間……

「將輝先生！這到底是誰做的好事？」

蕾拉的樣子進一步驟變。

「什……什麼事？」

將輝不明就裡而狼狽。

反觀蕾拉衝進房間深處將窗戶完全打開，然後立刻掉頭回到玄關打開門。

「茜，給我風！」

「咦？」

茜露出和將輝類似的表情看向蕾拉。雖然兄妹倆的反應很像，蕾拉卻沒能冒出「真的是兄妹耶～～」的溫馨感想。這時候的她沒有這種餘力。

「操作氣流幫房間通風，快點！」

蕾拉不能自由使用魔法。她的魔法演算領域配合戰略級魔法「霹靂塔」進行最佳化，來到日本的當初只能使用「霹靂塔」與「電磁場阻絕」這兩種魔法。

「電磁場阻絕」這個魔法不會占用太大的魔法資源，所以她在入住的一条家以及就讀的三高接受訓練之後逐漸也能使用其他魔法。但是在這種緊急事態，蕾拉判斷與其使用自己的低階魔法不如拜託茜幫忙。

「唔，嗯，知道了。」

茜無法招架蕾拉的氣勢也不知道理由，就這麼依照要求發動魔法。

強風從玄關灌入房間深處。如果是以前可能會造成紙張紛飛的慘狀，不過將輝徹底打造無紙環境，所以沒變成這種結果。

「……這樣就好嗎？」

聽到茜這麼問，蕾拉閉上眼睛做出兩三次聞味道的動作。

「好，沒問題了。」

「小蕾，到底怎麼了？」

蕾拉做出安下心來的反應之後，茜這麼問。

「是『媚香』。」

「媚香？那個，難道是『媚藥之香』的意思嗎？」

「是的。」

茜從「媚香」的發音一次就猜到是哪兩個字。說不定她也已經在意識外側察覺這股氣味。

「剛才這個房間充滿濃密的『媚香』，將輝先生能維持理智甚至很不可思議。正常來說應該會失去理智，即使一看見女性就撲上去也不奇怪。」

「是……是這樣嗎？」

毫無自覺的將輝，面對蕾拉強烈的語氣與視線畏縮不已。

「『媚香』不是單純的香，是一種魔法，所以或許多虧將輝先生的魔法抵抗力吧。不……也可能已經開始產生影響。」

黃里惠找兩人討論的將輝「異狀」，原因就是充滿房間的「媚香」。蕾拉在這個階段已經確信這一點。

「將輝先生，您記得自己做過什麼和平常不一樣的行動嗎？或者說，有沒有記不得自己做過什麼事的經驗？」

將輝沒能立刻回答蕾拉的問題。「這……」他開始思索。

「小蕾，『媚香』是什麼樣的魔法？」

茜不等他的回答，在一旁插嘴發問。

「『媚香』是在大亞聯盟和我們處於競爭關係的魔法師部隊所開發，以氣味為媒介的古式魔法。使用物質媒介的魔法有著持續時間較長的傾向。這個魔法也具備這種特徵。」

「等一下，和小蕾你們處於競爭關係？所以說他們是『霹靂塔』開發團隊的勁敵嗎？」

茜打斷蕾拉的說明再度插嘴發問。

「勁敵……感覺這樣形容有點保守，不過就說成勁敵吧。」

「是對抗現代魔法的古式魔法集團嗎？」

正在擠出答案的將輝中斷思考詢問蕾拉。

「是的。在大亞聯盟，現代魔法的研究不如日本先進。整體來說是古式魔法占優勢，不過以陝西省為根據地的這個集團明顯偏重於古式魔法。他們反覆研究想要利用古式魔法的優點，創造出可以利用在現代軍事作戰的魔法。『媚香』就是在那裡開發的魔法。」

將輝第一次聽到這件事。這恐怕是茜、父親剛毅，以及當初負責偵訊劉麗蕾的國防軍軍官都沒聽過的情報。將輝很想問為何將這麼重要的事情隱瞞至今，卻在發問之前換個想法認為不該由他們來問。

「剛才離題了，將輝先生。」

蕾拉的視線，她的強烈目光貫穿將輝的雙眼。

「『媚香』一言以蔽之就是用為美人計的魔法。」

「用為美人計的魔法？」

尖聲大喊的是茜。將輝說不出話。

「對自己施加魔法，讓體味產生化學變化具有媚藥成分，利用這個媒介讓剝奪精神抵抗力的魔法作用在對方身上。有時候也以自己的身體做為魔法媒介，讓對方變成有求必應的傀儡。這就是『媚香』的效果。」

將輝臉上掠過「心裡有底」的表情。蕾拉沒有看漏，卻沒有主動指出來。

「我與茜小姐之所以沒受到影響，是因為和術士同性。『媚香』基於性質只能對異性生效。如果我是男性，應該在進入這個房間的瞬間中招吧。這個房間的『媚香』就是已經累積到這種程度。」

「原來是這樣嗎……蕾拉小姐，謝謝妳。真的好險。」

將輝露出鄭重表情低下頭。

「不客氣。將輝先生的魔法抵抗力似乎也遠超過我預測的等級。說不定您也早就對『媚香』具有抵抗力了。」

「就算這樣還是救了我一次。謝謝。」

蕾拉搖頭之後，將輝再度向她低頭致謝。

「……所以哥哥？有想到是哪裡的女人嗎？你心裡有底吧？」

蕾拉沒說出口的這個問題，茜以質詢的語氣發問。

「啊啊，不過，沒想到，她是……」

將輝結結巴巴，茜以不耐煩的語氣說著「哥哥」接近他的這時候……

「將輝先生，我試著做了豆花，可以請您試吃嗎？」

依然沒上鎖的門開啟，一名年輕女性一邊這麼說一邊進入房間。是隔壁房間自稱藍川桂花的女性。

將輝說出她的名字「藍川小姐」的前一瞬間……

「妳是！」

蕾拉盡顯敵意大喊。

「藍采和！」

然後繼續喊出不是「藍川桂花」的名字。

『妳是……劉麗蕾？這種事怎麼可能！妳為什麼在這裡？』

從「藍川桂花」口中說出的不是日語。這段話（不是從語言而是從內容來看）幾乎坦承她不是「藍川桂花」而是「藍采和」。

藍采和奪門而出，猛然關上門。

蕾拉像是要衝撞般前去轉動門把，然而即使沒上鎖依然打不開。

「——『封門』的魔法嗎？」

想子在蕾拉的體內活化膨脹。身為戰略級魔法師的她——劉麗蕾能自由使用的魔法有限，但是原本保有的想子量很龐大。劉麗蕾從這一面來看也和達也相似。

她將活化的想子一口氣打向門板。

「術式解體」。以高壓想子流震飛魔法式的對抗魔法。她在去年夏天因為某個契機而開始練習這個對抗魔法。

蕾拉的「術式解體」還不成熟。有效射程只有五公尺，發動也需要時間。但是足以震飛封鎖門板的魔法。

蕾拉再度轉動門把。外開的門這次毫無抵抗就開啟。

蕾拉與其說穿鞋更像是將腳套進鞋子，衝出將輝的房間。

「小蕾，等一下！」

茜連忙追在蕾拉身後。她一邊穿鞋（和蕾拉的平底包鞋不一樣，茜的球鞋要花時間穿）一邊轉身看向將輝。

「哥哥，事後我要好好聽你怎麼解釋！」

「等……等一下，我也要去！」

將輝的話語被關上的房門反彈。

將輝公寓座落的區域是距離車站要走一小段路的住宅區。車站周圍的商業設施很多，人潮也很熱鬧。

唯獨一定要避免她逃進人群——蕾拉在追趕藍采和的時候這麼想。

剛才反覆說明過，蕾拉只能自由使用有限的少數魔法。這是接受大亞聯盟不當培育的結果。不是經由基因改造的調整，是經由投藥與訓練發展特定領域的才能。

結果使得蕾拉……應該說劉麗蕾成長到不必使用ＣＡＤ就能發動戰略級魔法「霹靂塔」。然而代價是除了「霹靂塔」以及用來避免戰略級魔法傷害到她自己的「電磁場阻絕」，其他魔法都無法隨意使用。

但蕾拉無法自由使用的始終只是「魔法」。從她順利習得「術式解體」就知道，單純的想子操作對她來說不是難事。同系統技術的「氣」之操作也一樣。不，蕾拉反倒擅長操作「氣」強化身體能力。

利用「氣」的身體強化，終究是以自我意識解放肉體的潛在能力，無法達到魔法或超能力進行「身體強化」時的強化倍率，但是至少能維持跑百米的速度跑一千米左右。蕾拉在藍采和抵達行人變多的車站周邊之前就追上她了。

『藍采和，站住！』

蕾拉以劉麗蕾的身分，以大亞聯盟通用的漢語喝令。

『不停下來就要攻擊了！』

看見藍采和沒停下腳步，劉麗蕾再度命令她停下來。

藍采和反而加速奔跑。

她沒有回應劉麗蕾。

不過像是嘲笑般說『在這種地方不可能使用「霹靂塔」』的這句呢喃，順風傳入劉麗蕾的耳中。

「好大的膽子！」

劉麗蕾回復為蕾拉，以如今比起漢語更親近的日語發洩情緒。

蕾拉在生氣。她向茜與將輝說明「媚香」是用為美人計的魔法，依照狀況也可以拿身體當成魔法媒介。這段說明是真的，但嚴格來說也不正確。

「媚香」是花時間逐漸侵蝕對方精神的魔法。沒有現代魔法那樣的即效性，而是持續讓魔法產生作用，逐漸剝奪對方的自由意志。在即將完成的最終階段會進行性交，通過肉體的深層接觸完全掌握對方的意志。

換句話說「媚香」並不是「依照場合」，而是在程序上設定為一定會在最後和目標對象上床的性儀式魔法。

蕾拉愛上將輝，也曾經表白——還沒得到回應就是了。

藍采和的行為是試圖用肉體搶走她示愛的對象，對於蕾拉來說無疑是暗算的挑釁行為。

——絕對不能原諒。

蕾拉的憤怒極為率直又火熱。要是旁人得知她的心境，甚至會覺得「火焰直球」應該是目前最適合她的形容詞。

蕾拉進入發動程序，準備發動植入自身精神的某個魔法。她原本不是預定要被拱出來成為國家公認戰略級魔法師「劉麗蕾」，而是成為特務潛入日本執行破壞工作。「蕾拉」這個名字原本是用在潛入任務。

要以特務身分活動，在各方面都不該引人注意。頭髮與眼睛的顏色、長相、體格。一切都琢磨到可以融入日本人之中。

可愛的容貌具有易於獲得好感的優點。比起引人注意的缺點更勝一籌。雖然不是相信「美人看三天就膩」的這句俗話（迷信），但是工整的容貌意外地難以記憶。即使自以為正確記住，記憶也很容易被俊男美女的「雛形」影響。多少有些缺點（？）的特徵容貌，比較容易留在人們的記憶裡。

不使用ＣＡＤ就能發動魔法，也是身為祕密特務被重視的技能。她接受訓練的時候，完全思考操作型ＣＡＤ還沒達到實用化階段。魔法師一般都必須以手操作ＣＡＤ，這是很顯眼的動作。

不，先別說動作，ＣＡＤ這個道具對於魔法師以外的人完全沒用，所以在隨身攜帶這個道具的時間點，就像是在公然表示自己是魔法師。

不使用ＣＡＤ就熟練操控強力的魔法。

蕾拉達成了這個困難的條件。在同時期受訓的同僚之中，她是唯一的成功案例。如果前任的「使徒」劉雲德沒在「灼熱萬聖節」戰死，蕾拉肯定不會以「劉麗蕾」的身分成為「使徒」，而是以「蕾拉」的身分（不是一条蕾拉）被派到日本。

若是只限定在這兩個魔法，她不必使用ＣＡＤ，就能以受到ＣＡＤ輔助的相同速度與確實度成功發動魔法。

這時候的她也是順利又迅速地建構「霹靂塔」。

（瞄準。）

魔法施展對象鎖定為藍采和。

一般都認為「霹靂塔」是大規模攻擊魔法。實際上發明這個魔法的劉雲德也只能以這種形式運用「霹靂塔」。

然而蕾拉當初預定負責的是潛入破壞任務。不只是決心開戰的大規模攻擊，要求在限定範圍進行的游擊戰也納入考量。這麼一來原本應該使用別的魔法，卻因為無法符合先前所說「不使用ＣＡＤ就熟練操控魔法」的條件所以辦不到。即使蕾拉的潛力再好，也沒能這麼順心如意。

相對的，蕾拉受命必須習得控制「霹靂塔」規模的技術。這項訓練在她被拱為「使徒」的時間點就中斷，但是逃亡到日本成為一条家成員之後，為了提昇自己的「利用價值」，她主動繼續進行訓練，終於習得能對任意規模的目標設定瞄準的技術。

藍采和的周圍形成了降低電阻的力場。

察覺這一點的藍采和表情因為驚愕而僵住。她以八仙的對抗魔法「渾然一體」努力嘗試突破這個牢籠。

可惜這是無謂的抵抗。「渾然一體」是讓敵人施放在術士身上的術式失效的對抗魔法，然而「霹靂塔」是在有限空間進行干涉的魔法，現在也不是直接瞄準藍采和施放。

切割為圓筒形的空間內部產生電位差，上方出現電子突崩的徵兆。「霹靂塔」給人的印象大多是以圓頂狀空間為對象，但實際上正如「塔」這個名稱所示，是在切割為圓筒形的空間發動的魔法。

接下來是一瞬間的事。

接連產生的放電襲擊藍采和。發動的時候有抑制威力，所以運氣好的話不會致命。然而不斷來襲的電擊痛楚超過藍采和的容許範圍。

在八仙之中，她原本也和協助蘿拉逃離日本的何仙姑一樣，是不會參與武力作戰的魔法師。以「媚香」籠絡男人，有時候是吸取情報，有時候則是引發內鬨，她是不讓自己雙手沾上血腥的

這種特務。

即使慣於被男性的獸慾摧殘，也不慣於暴露在只會造成痛楚的純粹暴力之中。

「霹靂塔」發動結束，藍采和從電擊解脫了。她暴露在放電風暴的時間頂多只有兩三秒。但是得到解脫的藍采和一動也不動。

蕾拉的「霹靂塔」重挫了藍采和的心。

◇　◇　◇

「這太慘了……」

「等……等一下，這樣不太妙啦。小蕾。」

茜與將輝趕到的時候，一切都已經結束了。

將輝連忙跑到藍采和身旁，發動治療的魔法。

「茜，幫忙聯絡我終端裝置通訊錄裡的朝霞基地司令部副官，通知我們抓到敵國的魔法師特務，卻為了排除抵抗而不得不攻擊對方造成重傷。」

這麼說的將輝目不轉睛注視藍采和，將行動終端裝置遞到身後。

事到如今無須多說，未經許可使用魔法是犯罪行為。尤其如果使用的是戰略級魔法，雖然規模降低為對人等級也無法免於受到重罰。不只如此，要是藍采和就這麼死亡將是殺人罪。一旦成為司法當局審理的案件，一条家也無法徹底袒護。

若要避免蕾拉被咎責，由日本第二位「使徒」將輝吃得開的國防軍負責這起案件，是最為確實的方法。

「唔，嗯。我知道了。」

不知道茜是否立刻理解這一點，但她立刻聽從哥哥的指示。

「將輝先生……」

看見將輝與茜的慌張模樣，蕾拉大概是冷靜下來了。她自覺下手太重，臉上失去血色。

「蕾拉小姐，現在就等憲兵隊過來吧。」

將輝在這個時間點還不知道「藍川桂花」的真實身分。但如果她是敵國的間諜，國防軍就有權逮捕。

警方恐怕也已經掌握了行使魔法的事實。雖說有抑制規模，但是受到「霹靂塔」的影響，應該也有脆弱的電子機器受損吧。

將輝回憶先前見過好幾次面的基地司令官副官臉孔，在心中叫他快點過來。

應該不是上天聽到將輝的心願吧。

國防軍比警方更快抵達。國防軍基地司令的立場沒有高於警察署長，既然不是這種關係，那麼肯定也沒有施壓要求警方晚點出動。

藍采和的治療由醫護隊接手。關於「媚香」的特性已經清楚說明。醫護隊這邊也以純女性官兵的小組負責治療。基於雙重的意思來說（也不必擔心俘虜遭受性方面虐待的意思）可以安心。

在一同前往的朝霞基地裡，將輝他們首度得知八仙的事。

「她是大亞聯盟西部方面軍隊旗下魔法師特務部隊『八仙』所屬的魔法師。藍采和是她的代號。八仙以傳說中的仙人姓名做為代號。」

不只是副官，基地司令官也在場的偵訊席中，蕾拉以沉穩的語氣回答問題。

「我原本不是被訓練為戰略級魔法師，而是被訓練為負責暗中破壞的特務。我之所以知道八仙的情報，是因為被告知在執行潛入任務的時候必須注意這些人。」

「意思是要視為應該合作的同僚嗎？」

對於副官的詢問，蕾拉搖頭說「不是」。

「是為了避免衝突。因為當地的特務之間沒有橫向聯繫。」

聽完蕾拉的說明，將輝差點輕聲說出「原來如此」表示理解之意。

但他這樣太心急了。

「而且我當時所屬的部隊和八仙是競爭對手，應該說處於敵對關係。之所以說他們是『必須注意』的對象，意思是要避免在執行任務的時候發生內鬨被殺。」

將輝眉頭一皺，將表示理解的話語換成「真是暴戾的話題……」這句呢喃。

平常和蕾拉共度和平女高中生生活的茜，聽到完全不同於和樂融融日常生活的這件事，露出一副不太自在的樣子。

「司令官閣下，我之所以知道藍采和的真實身分與手法，是基於以上的原委。」

自稱藍川桂花的女性是誰？和蕾拉是什麼關係？對於司令官這兩個問題，蕾拉回答完畢了。

「知道了。我想再問一件事。」

聽到司令官這麼說，蕾拉回應「只要是我知道的事情請儘管問」點了點頭。

「可以推測妳打倒的特務──藍采和的目的是什麼嗎？」

蕾拉思索片刻。或許是在猶豫是否能在將輝同席的這個場合老實回答。

「接下來始終是我的推測，藍采和或許是想要迷倒將輝先生打造為暗殺者，對付只有將輝先生可以暗殺的目標。」

「所以不是將一条先生洗腦之後收為大亞聯盟的戰力？」

「沒錯。如果要把將輝先生帶到國外，肯定會以更充分的陣容應對。但是實際上，藍采和似乎是單獨行動。」

「原來如此，有道理。」

副官附和蕾拉的回答。

「但是，只有一条先生可以暗殺的對象嗎……您本人是怎麼想的？」

然後副官將話鋒轉向將輝。

「……我還沒能整合自己的想法……藍川小姐，更正，藍采和她看起來不像是要我去做什麼事。但她確實設下了洗腦魔法，所以或許是之後才會下手吧。」

「哎，畢竟您應該還沒整理好心情吧。」

基地司令的副官對將輝深表同情之意。

然而不只如此。

「但我問的不是一条先生對於藍采和的想法，是您本人對於蕾拉小姐那段推測的意見。」

副官雙眼隱含冰冷的好奇心詢問將輝，想要看清將輝是否真的不知道藍采和的意圖，或者只是明明知道卻強迫自己忘記。

「只有一条先生您可以暗殺的對象。您認為藍采和鎖定的到底是誰？」

「這個嘛……我沒什麼頭緒。客觀來看，我的實力在日本應該也屬於頂級，不過既然是只有我可以暗殺的對象……那麼反過來說，就意味著我在這個國家是最強的魔法師之一。」

將輝從自我意識或是潛意識來看，都不像是在隱瞞什麼事。從他身上感受到的只有提防自己得意忘形的自律與自誡心態。

這以某種意義來說也是年輕使然吧。副官的嘴角微微上揚。

但他的眼睛沒有笑意。雙眼依然洋溢著高級軍官以任務為第一優先的寒鋼目光。

「一条先生，試著換個角度來看吧。請站在大亞聯盟作戰籌劃者的立場思考看看。如果可以操縱你成為暗殺者，會鎖定誰為目標？」

「這個嘛……既然特地使用我，那應該是只有我才容易接觸的對象。這麼一來首先有可能的就是魔法大學的教職員或學生……在這些人之中，說到大亞聯盟不惜暗殺也想排除的人物……應該是司波達也吧。」

將輝說出達也名字的瞬間，茜與蕾拉表情變得僵硬。兩人的視線朝向回答副官問題的將輝，卻因為他突然變得殺氣騰騰而吃驚睜大雙眼。

「大亞聯盟的目標是司波達也嗎……」

副官和基地司令相互點頭。

「一条先生。關於本案的處置，現階段還在等候統合軍令部下達指示。逮捕藍采和使用的魔法該如何善後也正在詢問當中，所以在得到回覆之前，方便請您暫時待在基地嗎？」

副官的這個要求，是在懷疑將輝被洗腦的可能性。

將輝只注意到「霹靂塔」如何善後的這部分，沒察覺這一點。

他和妹妹等人一起接受了這個要求。

【8】正式介入

九月十九日，星期日夜晚。在巳燒島住處暫時休息的達也，接到風間打來的電話。風間首先為先前的治療道謝，告知自己將在西藏戰爭這方面支援達也。

「聯隊長親自支援平民嗎？」

『請當成是獨立魔裝聯隊支援司波先生。』

風間的譴詞用句和上次不同，但如今是這樣才正常。相較於達也成年之前隸屬於獨立魔裝大隊的那時候，達也與風間的關係、達也與國防軍的關係都有所改變。

「這樣啊。要受您照顧了。」

『這邊才要這麼說。今天是因為加德滿都的特里布萬機場已經可以使用所以通知您一聲。』

「謝謝您特地告知。我應該會立刻使用。」

『這樣啊。』

螢幕上的風間臉上原本是眼神沒有笑意的客套笑容，如今變成真正的笑容了。肯定是正確理解到達也立刻就想飛往加德滿都介入西藏局勢。

『但是請多加小心。大亞聯盟似乎還沒放棄暗殺司波先生。』

「發生了什麼事嗎？」

聽風間的說法，達也覺得似乎是基於具體的事件。

『本日下午，在一条將輝先生的公寓發現了大亞聯盟的祕密特務。目前拘留在朝霞基地。』

「一条的？」

將輝是日本第二位國家公認戰略級魔法師，成為大亞聯盟的目標也不奇怪。但是在這個時間點鎖定他下手，感覺不太自然。

『大亞聯盟似乎想要洗腦一条先生，打造為對付你的暗殺者。』

「洗腦嗎……」

難道是下藥？達也心想。將輝基於立場肯定受到軍方監視。不是對於達也的那種監視，是為了保護將輝而監視。他人不可能依照洗腦的基本手法進行長時間的監禁。也無法真的進行監禁，限制他和外部接觸。

『犯人是擅長以魔法洗腦的大亞聯盟古式魔法師。』

「以魔法洗腦一条？」

達也感到意外般反問的這個聲音不是裝出來的。達也對於將輝魔法力的評價很高，難以相信這樣的將輝輕易成為洗腦魔法的犧牲品。

「知道犯人的身分嗎？」

『依照逮捕的當事人表示，好像是八仙的藍采和。』

雖然沒說出口，但達也心想「怎麼又是八仙」。明明一直都只聽過這個組織，卻在最近連續和他們交戰。已經剝奪戰力的人數，包括今天逮捕的藍采和在內共三人。不知道是大亞聯盟內部正式出現人才荒，還是因為內部的勢力鬥爭，所以和至今躲在檯面下的對手交戰的機會增加。

「居然查得出是八仙。」

不提這個，將輝身邊有人知道八仙的真面目，這也令人意外。難道是國防軍早就預料將輝會被八仙鎖定嗎？還是將輝出現被洗腦的徵兆，調查之後發現八仙有嫌疑？

『能夠查出身分只是巧合。逮捕她的是劉麗蕾。』

「劉麗蕾嗎？」

達也知道劉麗蕾現在由一条家收容，卻不知道劉麗蕾經常和將輝的妹妹一起前往東京。

『但這不是國防軍預先安排的，只是巧合。』

「這樣啊。能趕在事態惡化之前真是太好了。」

這種順心如意的巧合應該是「偶爾」會發生吧——達也決定這麼認為。

『這次成功防止事態惡化，但是國門的防堵措施做得不算好。說來真是丟臉。』

「我明白重新派人潛入的可能性，會充分提高警覺。」

『唯獨司波先生您應該不會發生什麼萬一，但是請小心提防。』

風間以這段客套話結束通訊。

今天只有達也待在巳燒島的住家。明天是星期一。深雪與莉娜要去大學上課，所以待在調布的自家。達也之所以沒回去東京，是因為接下來預定要接待客人。

巳燒島西側有七成是四葉家的私人土地。整座島依然都是四葉家名下的土地，但是東北與東南沿岸區域開放給恆星爐設施相關的各個企業。

虛擬衛星電梯的平台位於島嶼西南部。以前除了畫設魔法陣就只是一塊空地。但是現在設置了運用虛擬衛星電梯所需的設備。例如搬運物資用的自動機、超長距離「疑似瞬間移動」用的大型ＣＡＤ等等。

不過魔法陣本身和以前一樣。水平加壓鋪平的砂地底下三十公分處，隱藏了直徑兩百公尺的巨大魔法陣。之所以沒鋪柏油或是安裝開關式的頂板，是因為現在這樣比較好維修。某些東西與其製作成不會損壞，製作成隨時可以修理比較方便。

達也站在覆蓋這個魔法陣的砂地平台前方。

約定的時間是下午八點。細微到只有達也才認知得到，巧妙隱藏的魔法徵兆出現在平台的中央，下一瞬間，該處站著擁有非人美貌的青年。是達也正在等待的協助者——光宣。

這裡的「非人」不是比喻。光宣不是人類，是和情報生命體融合的寄生物。不過他在人類時代就已經擁有這份非人美貌。

光宣平常住在高度約六千四百公里的軌道運行的衛星軌道居住設施「高千穗」。剛才也是從該處降落的。

「光宣，辛苦你了。」

「達也，首先這個還你。」

光宣說完遞出手上的杖。前端嵌入如意寶珠的這把杖，是世界各地香巴拉遺跡的萬能鑰匙。

「沙斯塔山遺跡的魔導書，除了那個之外都已經登錄連結。」

達也點頭回應「知道了」接過寶杖。

光宣放下背上的背包，打開氣密構造的蓋子取出內容物。

「然後這就是傳授那個問題魔法的魔導書。」

「看來順利取下了。」

達也接過黑色石板，立刻裝進搬運畫作的畫板袋。他沒確認這塊石板是否記錄暫稱「天罰業火」的魔法，甚至沒確認是否具有魔導書的功能。

達也絲毫沒有表現出懷疑的樣子，光宣對此也沒有壞了心情。

「不巧深雪沒在這裡，但是至少可以準備飲料給你喔。要休息一下再走嗎？」

「不用了，這樣會害得水波等我。」

對於達也隨口提出，講好聽一點是毫不拘束的這個邀請，光宣略帶苦笑拒絕之後回到天空。

四葉家巳燒島分部是八層樓高的雙子大樓，一棟是包括達也住處的居住大樓，另一棟是管理大樓，算是真正的巳燒島分部。從虛擬衛星電梯平台回來的達也，不是進入居住大樓而是管理大樓。

達也實質上是巳燒島分部的龍頭。然而即使如此也不是凡事都會順他的意。光是進入就需要接受好幾道安檢的場所很多，他現在前往的地下倉庫也是進行這種嚴格檢查的場所。

達也將魔導書石板嚴密封印在地下倉庫的個人用金庫，在回到地面的途中接到電話。行動通訊的電波無法直接傳到這個場所，是通訊室的總機人員轉接過來的。他指示總機人員請對方稍待片刻，前往距離最近的通訊區。

電話來自本家，出現在視訊電話螢幕上的是管家花菱。

不是達也的私人管家花菱兵庫，是兵庫的親生父親花菱但馬。他在本家僱傭的順位是僅次於葉山的第二名，在四葉家旗下卻不屬於家族成員的戰鬥員都交給他管理與指揮。若要比喻的話，地位近似於外籍部隊的司令官。

『抱歉在這麼晚的時間聯絡，因為這邊獲得了必須盡快通知達也大人的情報。』

既然將兒子派給達也當部下，可見但馬在四葉家之中也是對達也抱持善意的一方。向世界展示實力的那年夏天之後，四葉家內部也不再有人鄙視達也。然而畏懼的心情總是優先出現，能夠博得好感的人還很少。

「請告訴我吧。」

但馬回應達也的要求，立刻開始報告。

『派遣到美國沙斯塔山的當地特務回報，ＦＡＩＲ的蘿拉・西蒙在沙斯塔山的西北山麓，發現和我們指定為監視對象的遺跡不同的遺跡。同行的洛基・狄恩疑似獲得強力的魔法。』

沒能立刻起反應的反倒是達也。

「……沙斯塔山的西北方？知道正確的場所嗎？」

『現在傳送資料給您。』

大概是預測到達也的要求，地圖資料迅速傳送完成。

達也立刻閱覽資料，確認不是香巴拉的遺跡。

（難道是拉・洛的遺跡嗎……？）

達也等人也有當成參考資料的《時輪怛特羅》，記載香巴拉存在著名為「拉・洛」的敵對勢力。此外依照布達拉宮地下遺跡留下的記錄，沙斯塔山的遺跡是在最前線和香巴拉敵對勢力對峙的堡壘。

先不提當時的正確名稱，名為「拉・洛」的勢力確實在沙斯塔山附近。既然西北山麓的遺跡和香巴拉屬於相同年代，就很有可能是拉・洛的遺跡。

『狄恩獲得了何種魔法，目前不得而知。』

大概是判斷達也無法立刻整理思緒，但馬主動說下去。

『STARS的部隊布陣要逮捕蘿拉・西蒙與洛基・狄恩，卻因為三合會介入而被他們逃走。』

「──我理解狀況了。請解除沙斯塔山的監視任務。蘿拉・西蒙與洛基・狄恩就交給STARS以及FEHR處理吧。」

看來達也終於擺脫驚訝心情，一如往常做出明晰的判斷。

『遵命。沙斯塔山的監視任務到此結束。請問集結的人員要如何安排？』

「如果能夠挪用，可以請他們監視三合會，確認是否有把『導師之石板』這樣的魔導書或聖遺物轉交給大亞聯盟嗎？」

『這是小事一樁。那麼這邊會依照您的意思下達指示。』

「麻煩您了。」

和花菱但馬管家的通訊結束。達也暫時在視訊電話的螢幕前面思索。

達也先回到居住大樓的住家，在凌晨零點前往管理大樓的通訊室。

看見達也進房的值班通訊士連忙打招呼，達也回應之後以雷射通訊呼叫高千穗。

「光宣，我是達也。」

『達也，有什麼不完備的地方嗎？』

明明四小時前剛見面卻突然收到聯絡，光宣終究感到疑惑。

「已經查出蘿拉・西蒙在沙斯塔山做什麼了。」

光宣有在高千穗觀測到蘿拉出現在沙斯塔山的西北山麓，也有向達也報告。但是兩人當時都不知道她的企圖。

對於當時的兩人來說，應該以沙斯塔山東部山腰地下的香巴拉遺跡為優先。蘿拉出現在完全不同於香巴拉遺跡的位置究竟有何目的，兩人都認為之後再調查也無妨。

『發生了什麼事嗎？』

然而看見達也非比尋常的模樣，光宣也察覺他們兩人似乎犯下某種錯誤。他的非人美貌露出人類會有的慌張表情反問達也。

「蘿拉・西蒙似乎是在尋找拉・洛的遺跡。」

『拉・洛？那個魔女在尋找香巴拉敵對勢力的遺跡嗎？』

「實際上應該是找到了。我收到的報告說，蘿拉・西蒙在沙斯塔山的西北山麓發現魔法性質的遺跡，洛基・狄恩也已經習得遺跡的魔法。」

『遺跡的魔法……』

達也說得平淡，光宣卻露出錯愕表情，就像是連同他的分一起吃驚。

『……到底是什麼樣的魔法？』

「完全不知道。頂多只能猜測是用來對抗香巴拉的魔法。」

『我去調查看看嗎……？』

「我就是想找你談這件事。」

達也說到這裡，透過鏡頭筆直注視光宣的眼睛。

「光宣，這件事你還不要出手。」

『咦……？』

達也這句話對於光宣來說過於意外。不，即使不是光宣也肯定會懷疑自己聽錯。

「洛基・狄恩在遺跡獲得的魔法，就交給STARS與FEHR查明真相。至少在得知魔法的真面目之前，你都不要介入。」

『……是在擔心我嗎？』

「光宣你可能會感到侮辱，但我不想冒著失去你的風險。」

光宣當然不覺得這是侮辱。

『你認為拉・洛的遺跡可能埋藏著這麼危險的魔法是吧？』

光宣藏起自己受到高度評價的喜悅，為了知道達也實際上在擔心什麼，為了試探達也真正的用意而發問。

「沙斯塔山的遺跡是和敵對勢力爭戰的最前線堡壘以及武器庫。那麼對於敵對勢力拉・洛來說，站在抵抗統治的立場，應該認定他們位於沙斯塔山的遺跡也保管了最強的武器。」

『原來如此……有道理。』

達也的理論單純明快，光宣自然而然就能接受。

但是達也真正想說的反而是接下來這件事。

「我最擔心的是香巴拉文明可能有將寄生物當成魔法輸出的道具使用。」

『魔法輸出的道具……嗎？』

「以魔法的輸出裝置來說，寄生物很多方面優於人類的魔法師。如果限定在特定的魔法，可以長時間持續發動強力的魔法。而且和人類不同，不需要定期睡眠。寄生物之間可以進行密切聯絡，卻連通訊機都不需要。若是將魔法視為社會根基的文明，又擁有將人類雙向改造成寄生物的技術，那麼也可以假設當時存在著將重刑犯改造為寄生物，使喚他們發動魔法的利用方式。」

其實別說寄生物，利用人類魔法師的類似系統，達也知道在這個世界已經存在。但他沒提及這個系統。

『達也，原來你想得這麼深入啊……』

光宣在這時候感覺到的不是佩服，是戰慄。徹底排除感性，只以理性進行思考。比起拋棄人類成為寄生物的自己，達也看起來更像是怪物。

把達也當成怪物注視的光宣眼神，達也沒有察覺。不，或許只是達也比光宣更清楚至今束縛著魔法資質擁有者的黑暗，所以不以為意。

「接下來是再三假設之後得出的假說，如果香巴拉文明建立在寄生物的犧牲之上，那麼毀掉這個社會的最快方法，就是奪走寄生物的支配權。」

光宣啞口無言。他終於理解達也在擔心什麼了。

『拉．洛的遺跡裡，可能隱藏著讓我們寄生物隸屬的魔法……是嗎？』

「光宣，你以寄生物來說也很特殊。即使真的有那種魔法，我也不認為你會成為俘虜。但是沒必要冒這個無謂的風險。」

『……知道了。我與水波小姐本來就對USNA毫無情義可言。我們只要沒被波及就會袖手旁觀。』

聽到光宣這個不近人情的決定，達也回應「就這麼辦吧」滿意點頭。

◇◇◇

當地時間九月十九日下午五點。蕾娜、遼介、愛拉、路易・魯等四人，從加利福尼亞州的沙斯塔山山麓走陸路回到溫哥華的ＦＥＨＲ總部。

搭乘自動車進行長時間移動時，蕾娜除了睡眠時間之外，一直是悶悶不樂的樣子。看到她消沉的表情，三人都不敢詢問詳情。

坐在總部的自己座位，被負責留守的甘格農詢問發生什麼事之後，蕾娜才終於沉重開口。

「洛基・狄恩獲得埋藏的古代魔法了。」

「是在魔法性質的遺跡獲得聖遺物的意思嗎？」

遼介詢問蕾娜。到頭來，蕾娜與遼介都只得知黑色石板的真面目是一種傳授魔法的魔導書。

「巴別」事件的那時候，達也只告訴蕾娜「ＦＡＩＲ濫用魔法引發了事件」。

「……不曉得。我好像有『看見』過去的亡靈附身在狄恩身上的光景，但可能只是惡夢。」

「亡靈嗎……？」

愛拉輕聲說。話中沒有否定的語氣，卻明顯在困惑。

「……意思是說，滲入遺跡的殘留意念將古代魔法賜給洛基・狄恩嗎？」

聽到遼介呢喃般說出的這句話，愛拉與路易・魯露出「原來如此」的表情。

「或許吧……」

蕾娜含糊其詞卻沒有否定。遼介對她所看見光景的這個解釋，她似乎也覺得妥當。

「Milady。洛基・狄恩獲得了什麼樣的魔法？」

遼介沒有因為愛拉與路易・魯的反應而對於自己的明察感到自豪，就只是關懷蕾娜的心痛。

這份盲信的忠義心在FEHR也是首屈一指。這恐怕是遼介天生的素質。

「不知道。但應該是和狄恩的親和性非常高的魔法。」

「適合度很高的意思嗎？」

甘格農在一旁詢問蕾娜。

「是的，我是這麼感覺的……說不定是狄恩所擅長魔法的高階版本。」

「說到狄恩擅長的魔法，是『戴歐尼修斯』嗎？」

聽到路易・魯這麼問，蕾娜回答「對，應該是」點了點頭。

「……不好意思。我不知道名為『戴歐尼修斯』的這個魔法，請問是什麼樣的魔法？」

愛拉略顯顧慮出聲發問。

蕾娜、甘格農與路易・魯轉頭相視。不是連他們也不知道，是要決定由誰說明而相互禮讓。

「『戴歐尼修斯』是以多數人為對象的精神干涉系魔法。」

接下回答工作的是遼介。

「據說是讓集團陷入酩酊狀態擺脫理性的抑制，但是真相不得而知。也有人猜測只是誘發集體歇斯底里的催眠術。」

只是遼介沒遭遇過「戴歐尼修斯」行使的場面，所以始終只是轉述傳聞。

「不是鎖定特定的犧牲者發動，所以也有人說這不是魔法，而是一種超能力。」

「如果是超能力……就是某種『主動心電感應』的能力嗎？」

愛拉呢喃般說出想法。

「狄恩使用魔法的場面沒什麼觀察案例，所以其實不太清楚。」

路易・魯向愛拉聳了聳肩。

「不過，唯一確定的是會引發百分百失去理智般的集團行動。『戴歐尼修斯』的性質也是從這方面的現象推測的。」

「如果是高階版本……就是引發大規模暴動的魔法嗎？」

愛拉不經意輕聲這麼說。這不是發問，是稍微大聲的自言自語，卻說中蕾娜的擔憂。

看見蕾娜臉蛋失去血色變得鐵青，所有人驚慌失措。

「——抓住狄恩，剝奪他的行動能力吧。無論他獲得什麼樣的魔法，只要限制他的行動就不是威脅。」

為了安慰蕾娜，遼介毅然決然如此放話。雖說他已經二十多歲，這段毫無猶豫與害羞的英雄宣言卻也是年輕使然。遼介在場中是年紀最小的人。

「……可是要怎麼做？不知道藏身處就束手無策吧？」

對於遼介過於光明正大的態度，甘格農一副嚇呆的樣子，卻還是冷靜指出問題點。

「請日本的魔法人聯社提供助力吧。ＦＡＩＲ獲得危險的魔法，他們肯定也不會忽視。」

遼介毫無根據就得出這個事實。

九月二十日早晨。達也在電話裡指示伊豆的藤林監視美國洪門以及三合會的動向，自己則是從巳燒島飛往加德滿都。

使用迴避大亞聯盟領空的路線約兩小時。達也活用最高七馬赫的飛行速度。降落在ＩＰＵ尼泊爾共和國首都加德滿都的特里布萬機場。

機場有聯邦政府的職員前來迎接。由於對外宣稱和軍方無關，所以表面上在接機人員之中沒有聯邦軍或是共和國軍的軍人。

雖說達也是沒有官階或頭銜的平民，卻是世界級的名人。同時也有很多人想取他性命。他擁有自衛的實力，不是只能依賴周圍力量的無力孤島，但是萬一暗殺成功，ＩＰＵ的信用應該會暴跌。ＩＰＵ害怕這個結果，所以在接機的文官裡混入精銳的戰鬥魔法師。

達也也有察覺這件事。達也的來訪實質上是ＩＰＵ為了將他利用在和大亞聯盟的西藏爭奪戰而邀請的，要是達也有什麼三長兩短，國家的面子應該會掛不住，也必須監視達也避免他做出違背原意的行動。至少會準備足以暗中陪同上戰場的實力派魔法師吧。達也如此猜想。

其中也看見先前造訪拉薩回程時遇見的「七聖仙」女性魔法師，不過對方似乎沒察覺達也是當時身分不明的兩名魔法師之一。達也這邊也不想刻意表明身分。

達也預定和文民監視團會合，卻沒有在ＩＰＵ國內或西藏逗留的計畫。今天的行程也預定是先去監視團營地一趟，簡單拜會之後就回到這座機場，再搭乘自用噴射機「雷閃」回國。

為了當成發生狀況時的保險措施，達也預先在巳燒島為雷閃追加了「疑似瞬間移動」標記的魔法陣。如果在西藏被捲入麻煩事，或是他自己成為目標對象遭受攻擊而失去代步用的車輛，他也能以記錄在儲魔具的「疑似瞬間移動」回到雷閃這裡。

除了這個「疑似瞬間移動」用的儲魔具，達也還帶來了儲存「防御護盾」的魔法以及認知阻害魔法「冥隱」的儲魔具，彌補魔法技能的缺陷。

再提著一個裝有護身用魔法道具的手提箱之後，達也坐進ＩＰＵ政府準備的豪華露營車。

提供給達也的露營車，和提供給監視團其他成員的車輛是相同車種。除了從母國運車過來的馬克羅德這種例外，加入監視團的魔法師都在相同車種的露營車上過夜。

第三方國家的魔法師組成的文民監視團，營地位於距離加德滿都約一五〇公里的位置。道路沒有舖柏油，但是整條路線都有整地，只要中途沒出事，兩小時就能抵達。達也自己握著方向盤開車前往營地。

當然不是只有他這輛車在行駛。這裡雖說是大後方卻是戰地。前後共有兩輛裝甲車護送。避開戰火變得無人的荒野上，達也的露營車夾在兩輛裝甲車中間，持續奔向十幾個國家的一流魔法師齊聚的營地。

話說回來，殺死魔法師的最有效方法是什麼呢？

槍彈未必能造成決定性的打擊。炸彈與飛彈也一樣。只要知道自己被鎖定，使用護壁魔法就可以擋住槍彈、砲彈、熱焰或是衝擊波。魔法的防禦不是絕對性的，遭受到威力超過魔法強度的攻擊就會被突破。即使如此，在大多數的狀況下，即使是對於非魔法師來說的致命攻擊，魔法師還是能存活下來。

那麼應該選擇毒殺嗎？魔法可以將體內毒素轉換成無害的元素或化合物。魔法行使的時候本來就不是經過分析再認知，是將事象視為整體來認知。即使不知道毒素的詳細成分，也能以「將對於自己有害的物質無毒化」這個定義發動魔法。如果不是能夠立即斃命，至少也必須是立刻剝奪意識的毒，否則無法斷言能致魔法師於死。

總歸來說，魔法師只要能認知到攻擊就能應對。那麼能有效殺害魔法師的攻擊是什麼？這個問題的正確答案是偷襲——能在不被察覺的狀況下造成致命傷的攻擊。企圖暗殺達也的人們，看來也已經得出相同的結論。

排成縱隊前進的裝甲車與露營車，突然有飛彈襲擊。

是不會被護衛的裝甲車雷達發現，漆上昂貴的電磁波吸收塗料，無視於成本的小型飛彈。不只如此，近距離發射飛彈的機種是最先進的隱形無人機。

都是大亞聯盟不可能持有的最先進兵器。

然而偷襲沒成功。即使是無法以雷達捕捉的機種，也逃不過達也的「眼」。

雖然這麼說，但達也也是在最後關頭才察覺，沒有餘力警告護衛的裝甲車。他依照情急之下的判斷放棄警告，朝護身用的手提箱使用「重組」。

手提箱的蓋子彈開，裡面塞了滿滿的「砂」。當然不是單純的「砂」。是「某個物品」被達也「分解」之後的顆粒。

「砂」經由「重組」瞬間回復為原形。「砂」成為包覆達也全身的裝甲——飛行戰鬥服「解放裝甲」。

「解放裝甲」是以當時的獨立魔裝大隊開發的「可動裝甲」為基礎，由四葉家開發，內建飛行演算裝置的戰鬥服。「解放裝甲」這個名稱是開發時暫定的，但因為主要的使用者達也就這麼繼續使用，所以如今成為正式名稱。相較於國防軍的「可動裝甲」，動力輔助機能以及資料連結機能都比較差，但是防禦性能與隱形性能反而勝出。

穿上解放裝甲的達也，在同一時間啟動護盾魔法的儲魔具。

「防禦護盾」的魔法以包覆裝甲的形式發動。

達也只是無法建構各式各樣的魔法式，事象干涉力本身極高。以儲魔具輔助展開的「防禦護盾」，以單層魔法護盾的強度來說，甚至匹敵重點強化防禦力的「十」之魔法師。

飛彈直接命中護衛的裝甲車以及達也搭乘的露營車。飛彈彈頭比起爆炸飛散的碎片更將重點放在高熱氣體的產生，使得三輛車眨眼之間烈焰沖天。

裝甲車上也有魔法師同行。但是在完全的偷襲之下，車輛被火焰覆蓋只是一瞬間的事。來不及以魔法防禦或是避難。

以結果來說對他們見死不救的達也，在逃出來的半空中拍下失火的三輛車以及飛走的隱形無人機，然後以「疑似瞬間移動」回到特里布萬機場的自用機旁邊，約一小時後從機場起飛。

達也以「零件」狀態隨身攜帶的不只是解放裝甲。飛行機車「無翼」也以分解狀態存放在貨艙。這輛飛行機車是和解放裝甲在同一時期開發而成，「無翼」這個名稱也是暫定，但是經過數次改良的現在依然使用這個名稱。

當初安裝在無翼上的飛行機能，始終是緊急時使用的附屬機能。但是現在正如「飛行機車」之名改以飛行為主，車輪陸行的機能才是輔助。

飛行原理和飛行車一樣，是改變地球重力的作用方向在空中自在移動。初期型使用了一般飛行魔法的相同原理，相較之下新型的速度與續航距離突飛猛進。

但是可以搭載的術式輔助演算機(CAD)與電池體積成為問題，所以無法像是飛行車具有強力的飛行魔法輔助。具體來說就是可飛行高度與最高速度明顯不如飛行車。即使如此，飛行機車「無翼」以個人移動手段來說，還是實現了打破常規的性能。

達也向安排露營車的ＩＰＵ職員說明遇襲的事實，遇襲之後拍攝的影片檔案也複製一份交給對方。然後他騎上剛才使用「重組」瞬間組裝完成的「無翼」再度前往營地。

在文民監視團營地，馬克羅德以及施米特兩名「使徒」正在等待達也抵達。看到達也不是開露營車而是騎機車前來，兩人表現出驚訝與意外感，但是聽到中途遇襲的事實之後，不只是施米特，馬克羅德也變了臉色。

「……您平安無事真是太好了。」

施米特臉色鐵青，看起來為達也的平安鬆了口氣。

「——有看見犯人的長相嗎？」

另一方面，馬克羅德同樣臉色鐵青，關心襲擊犯的真實身分。

「沒看見犯人，但是有錄下犯人使用的武器。您要看嗎？」

達也只看向馬克羅德如此回答並詢問兩人。

「……不，我就免了。」

施米特稍微猶豫之後，婉拒達也的邀請。一副不想和麻煩事有所牽扯的態度。

「我先回去自己車上，把至今監視團活動的相關資料拿過來。」

「知道了。馬克羅德爵士您要看影片嗎？」

「……容我看一下吧。請到我的車上。」

「那我晚點也去教授您的車上叨擾。」

「好的，等您過來。」

馬克羅德回應施米特之後，帶領達也前往他的露營車。

「這架隱形無人機和貴國情報機構使用的機種一樣吧？」

在馬克羅德的露營車播放錄影檔案之後，達也如此詢問馬克羅德。

「是的。肯定是國防情報參謀部運用的暗殺無人機沒錯。」

馬克羅德以乾脆到灑脫的態度承認達也指出的問題點。

「馬克羅德爵士，我沒要做出危害貴國的任何行動。」

馬克羅德以試探真意的眼神觀察達也的表情。

「這個錄影檔案的副本已經交給提供車輛的加德滿都職員，不過您希望的話，我可以銷毀那份資料。」

達也表示要銷毀已經交到第三者手上的資料。

他做得到這件事。馬克羅德對此深信不疑。

「……恐怕是『The Knight』幹的好事吧。」

馬克羅德回應達也刻意沒明說的這個要求，說出內心想到的襲擊犯身分。

「『The Knight』……是魔法祕密結社『洛古列斯騎士團』嗎？」

「雖然經常被搞錯，不過『The Knight』才是正式名稱，『洛古列斯騎士團』是外部人士使用的通稱。」

「我不知道這件事。」

「那我就放心了。原來司波先生也有不知道的事情啊。」

馬克羅德向達也一笑，達也回以苦笑。

洛古列斯騎士團——「The Knight」是標榜反王室、反政府的英國魔法祕密結社，被英國政府指定為恐怖分子。其政治立場反映英國皇室的複雜歷史，如今即使是英國人也少有人能理解。

他們的核心教義是不列顛的傳說——亞瑟王的復活。但是亞瑟王傳說本身就不確定是基督教之前的古代民族傳說，還是基督教之後的羅馬傳承。目前關於「The Knight」的確切情報，只知道他們至今組織性地傳承了德魯伊魔法混合基督教神祕主義的古式魔法，並且和現在的英國政府敵對，以最新的近代武器做為武裝。

「據說『The Knight』將先生您視為我國政府的有力盟友。」

馬克羅德說到這裡，露出英國紳士風格的冷笑。

「但其實只是想要除掉先生您的其他組織，將這個觀念灌輸給那些人吧。」

「原來如此。爵士您和他們屬於不同陣營。我可以這麼理解吧？」

達也沒有爭強也沒有敵意，以平淡的語氣發問。

「我國重視和先生您的友好關係。」

馬克羅德正襟危坐，回答這個問題。

「那麼我除掉『The Knight』也沒關係嗎？」

達也沒有特別表現出爭強的態度，表示要「除掉」英國政府頭痛已久的魔法祕密結社。

「不列顛政府會積極支持先生您的行動。」

「謝謝……差不多該請施米特教授進來了吧？」

「好的，就這麼做吧。」

事件沒有成為火種，達也與馬克羅德之間的和解成立了。

這天，達也只得到當地情勢的第一手情報就結束行程。今天馬克羅德與施米特也暫時回國，所以達也和飛行機車一起由英軍的運輸直升機載送。

◇ ◇ ◇

達也在出發之前就預定當天回國。這次的主要目的是以「行動」表示會參加文民監視團，向ＩＰＵ表示日本不會從西藏戰爭收手。

回到巳燒島的時候，日本還是傍晚時分。達也首先打電話給風間報告在西藏遇襲的事件，點名嫌犯是洛古列斯騎士團，委託調查這個魔法祕密結社的相關情報。

結束和風間的電話之後，也命令他的私人管家兵庫從傭兵網路取得洛古列斯騎士團的情報。

關於洛古列斯騎士團，達也不覺得是多麼嚴重的威脅。雖然他被攻擊就會反擊，卻不認為需要斬草除根。

依照他的認知，洛古列斯騎士團單純是跑龍套的配角。只是臨時演員。ＦＡＩＲ、應該有提供支援的三合會，以及在背後撐腰的洪門才是重大的威脅。以上是達也的認知。

「達也大人，溫哥華的ＦＥＨＲ打電話給您。」

此時兵庫通知美國西岸來電。剛好在達也思考該對ＦＡＩＲ採取何種行動的這時候。以時間點來說也太過巧合。

達也計算日本和美國西岸的時差之後稍微皺眉。溫哥華現在肯定是深夜時分。大概是發生某種緊急事態吧。

達也中斷返回調布的準備工作，面向視訊電話的畫面。

『司波先生！太好了，終於接通了！』

『費爾小姐，發生了什麼緊急的麻煩事嗎？』

來電的是蕾娜。聽她的語氣，似乎在達也不在的時候打了好幾通電話過來。

『ＦＡＩＲ的洛基·狄恩獲得危險的魔法了。必須盡快處理才行！』

「您說的危險魔法，是類似先前在西岸造成事件的那個魔法嗎？」

達也回以過於假惺惺的這個問題，但幸好蕾娜不知道內幕。

『不會僅止於小範圍的騷動，是可能演變成重大事件的魔法。』

蕾娜的這個回應激發達也的興趣。

「知道狄恩獲得了什麼樣的魔法嗎？」

蕾娜的語氣就像是知道達也他們沒掌握到的這個情報。

『……不知道。但我覺得他獲得了「戴歐尼修斯」的高階版本，強大到真的可能撼動國家的魔法。』

「『戴歐尼修斯』的高階版本嗎……」

將ＦＡＩＲ認知為敵對勢力時，調查過洛基．狄恩的「戴歐尼修斯」是什麼樣的魔法。旗下有數名特殊精神干涉系魔法師的四葉家，也對這個魔法深感興趣。

蕾娜說的是毫無根據的直覺，達也卻不認為這是囚禁於妄想的虛假謊言。依照至今的例子，他知道蕾娜很可能持有類似「預言」般無法合理說明的能力。

達也對於蕾娜的評價，與其說是魔法師更像是靈能力者。

達也承認蕾娜體內存在著他還無法理解的特殊能力。

『……您願意相信嗎？』

「費爾小姐您是這麼感覺的吧？我沒有否定的根據。」

不過達也並不像其他的ＦＥＨＲ成員那樣，以信仰的心態對蕾娜抱持信賴。

——既然沒有否定的根據就不要劈頭否定，保留這是事實的可能性。

達也只是依循這個科學原則。

『司波先生，謝謝您。』

反觀這時候的蕾娜，感覺像是真的願意相信達也。

『其實關於是否要請先生您提供助力，我們之間的意見也有分歧。』

看來FEHR存在著拒絕依賴達也的小團體。

達也認為這樣的組織相當健全。

『但是現在沒有時間慢慢討論，這樣會來不及挽救。』

「費爾小姐。您想要我做什麼？」

蕾娜看見什麼東西，她眼中出現什麼樣的未來幻象，達也頗感興趣。不過關於時間緊迫這一點，雖然意思上有點不同，但達也也有同感。他進入正題這麼發問。

『我想知道洛基・狄恩的藏身處。先生您在美國也有管道吧？知道他躲在哪裡嗎？』

達也沒接觸過狄恩與蘿拉。如果像是光宣或真由美那樣見過其中一人，或是這兩人曾經直接攻擊深雪或達也，達也應該可以立刻使用「精靈之眼」查出下落吧。

可惜目前的「緣」太淺了，無法以「精靈之眼」調查。

但是STARS肯定也在調查蘿拉躲在哪裡。前幾天才眼睜睜看著她逃走，所以肯定正在認真尋找。達也有管道可以從STARS得到情報。

「雖然無法保證，但我調查看看吧。」

『拜託您了，司波先生。我們這邊也會找找看，查到什麼線索再聯絡您。』

「知道了，費爾小姐。」

關於ＦＡＩＲ的事情，達也原本就打算暫時交給STARS與ＦＥＨＲ處理。對於達也來說，目前的事件進展為他省下了推動這個計畫的心力。

◇　◇　◇

關於洛古列斯騎士團──「The Knight」的情報收集，花了一整天的時間。本次調查貢獻最大的不是風間也不是兵庫，是藤林。她的情報收集力應該匹敵如今已無法使用的「至高王座」。在這個時代，比起直接的破壞力，情報是更加有力的武器。對於國防軍來說，比起喪失對於達也的命令權，藤林的離開可說是更沉痛的打擊。

依照調查結果，關於洛古列斯騎士團，達也得出的結論是「用不著親自直接處理」。

大亞聯盟和洛古列斯騎士團的關係緊密得超乎想像。對於和歐美沒有正規貿易管道的大亞聯盟來說，洛古列斯騎士團香港分部是高科技兵器的重要供給路徑。用來襲擊觀戰武官團造成風間與柳受重傷的隱形轟炸機，也是經由洛古列斯騎士團斡旋而取得的東西。

另一方面，大亞聯盟提供資金、資源與亞洲人脈給洛古列斯騎士團。即使英國情報機構長年追緝，洛古列斯騎士團依然能夠保有勢力，不只因為國內存在著自古以來的支持者，近年大亞聯盟的支援似乎也是一大要因。

當然，調查一天就知道的情報，很難認定英國政府不知道。英國政府大概是基於某種意圖放任洛古列斯騎士團至今。

既然這樣，達也積極出面殲滅騎士團就不能算是上策。他決定當前只摧毀放出隱形無人機的據點。

觀戰武官遭受攻擊的這筆帳，應該會由派遣武官的各國清算吧。洛古列斯騎士團分部所在的香港，恐怕會暫時捲起殃及市民的暴力風暴，但是達也沒插嘴干涉。

此外，該騎士團在西藏國內保管隱形無人機與隱形飛彈的基地遭受不明的魔法攻擊，當天就在無人知曉的狀況下從地面消失。

是沒有火焰或爆炸波的安靜消滅。

蘿拉挖掘出拉．洛的遺跡，狄恩獲得遺跡的魔法，使得事態因而更為複雜。但是對於達也來說的優先課題，是要適當管理香巴拉的遺產。在確認狄恩獲得的魔法會成為現實威脅之前，這個優先順位不會改變。

總之，認定最危險的沙斯塔山遺跡封印完畢。接下來要繼續隱匿拉薩的遺跡。

達也在這方面因為自己的失策而引起ＩＰＵ的興趣。看來有必要請布達拉宮準備能讓他們滿意的替代品，所以必須先接觸布達拉宮的遺產管理人。

為此，達也獲得兵庫與藤林的建言而想到的方法是……

『拉薩的不設防城市宣言嗎？』

達也和馬克羅德、施米特舉辦三人的電話會議時，向兩人如此提案。

「傀儡政府與逃亡政府雙方，肯定都不希望布達拉宮暴露在戰火之中。」

施米特不是疑惑而是吃驚發出聲音，達也進行表面上的說明。

現在西藏進行中的戰爭形式，是ＩＰＵ支援的逃亡政府在挑戰大亞聯盟的傀儡政府。無論實質為何，表面上是西藏政府對西藏政府的內戰。考慮到戰後的統治，雙方肯定都希望拉薩完好如初。

「此外，拉薩不是軍事上的要衝。」

拉薩昔日整建為觀光都市，所以交通也很方便。反過來說就是難以防衛。

此外，拉薩距離大亞聯盟本國很遠，距離ＩＰＵ——印度則是太近。現在軍事上處於劣勢的大亞聯盟，肯定也考慮撤出以拉薩為中心的西藏西南部，確保青海以及鄰近區域做個了斷。

『原來如此。依照交涉進行的結果，拉薩並不是不可能成為不設防城市。』

馬克羅德對達也這個點子積極表示興趣。雖然可能會被混淆，但「不設防城市宣言」並不是「投降宣言」。始終是基於軍民分離的原則保護民眾（保護文民）的措施。就算宣布成為不設防城市，也沒有義務將這座城市交給敵軍。在這座城市前方阻止敵方進軍，並沒有違反不設防城市的宗旨。

此外對於馬克羅德他們文民監視團來說，拉薩成為不設防城市將是很大的成果。監視團的名義是從戰爭犯罪之中保護民眾。若能實際成功以不設防城市宣言保護民眾，將會成為國際政治的金字塔被世人記住吧。對於派遣戰略級魔法師的英國與西ＥＵ來說也很有面子。

『我也去徵詢監視團的其他成員吧。司波先生下次什麼時候前往當地？』

「明天就去。」

達也毫不猶豫回答馬克羅德的問題。

『……這樣啊。』

『……但我聽說司波先生總是日理萬機吧？』

看來這句回答聽在馬克羅德與施米特耳裡都很意外。

「寶貴的文化遺產可能在戰火中失去。我認為盡可能趕快處理比較好。」

達也當然另有盤算。但是不希望布達拉宮焚燬的這個想法千真萬確。

『說得也是……我也調整一下行程吧。』

『既然教授這麼說了，那我也一樣。』

馬克羅德與施米特如此表態，三人明天將在西藏見面。

FEHR的事務所突然接到聯邦軍軍官打來的電話，是在九月二十二日上午九點，日本時間二十三日上午一點發生的事。

『我是特殊作戰軍魔法部隊STARS的蘇菲亞．斯琵卡少尉。先前本部隊的泰勒少尉為各位造成了莫大的困擾。』

電話一接通就突然被道歉，蕾娜吃了一驚。

「……不，我已經不在意了。」

『謝謝。今天打電話聯絡，是因為聽說您那邊想知道洛基．狄恩與蘿拉．西蒙的藏身處。』

對於蕾娜毫無誠意只是做個樣子的反應，斯琵卡似乎不以為意就進入正題。

『他們兩人躲在加利福尼亞州的列治文市。』

斯琵卡說完之後，視訊電話的螢幕不是顯示斯琵卡的臉，而是列治文市的地圖。加上紅色標記的場所，應該就是狄恩他們藏身處的位置。

「……為什麼提供情報給我們？」

『因為我們不是警察。』

斯琵卡如此回答蕾娜的問題。

「換句話說……想避免在當局內部引起風波？」

『就算這麼說，也不打算放任那兩人亂來。因為不能無視於這個風險。』

STARS和我一樣，將狄恩與蘿拉視為危險人物。

蕾娜如今確定自己的直覺是對的——她一點都不開心。

「是要我們幫忙做什麼嗎？」

『不好意思，好像害妳提高警覺了。反過來才對。我們想要成為你們的助力。』

映在螢幕上的斯琵卡少尉，看起來和上個月將這邊耍得團團轉的泰勒少尉年齡相近，階級也一樣是少尉。但是蕾娜覺得如果視為交涉對象，絕對不能對她掉以輕心。

斯琵卡當然察覺蕾娜朝她投以懷疑眼神。但她的態度不變。沒有過度表現親切的態度，反倒只掛著保守的笑容。

『如果你們想要進入列治文當地進行「調查」，這邊可以依照人數準備機票。』

「換句話說……要我們去追捕狄恩與西蒙嗎？」

『如果你們願意負責抓住他們兩人，這邊不吝提供任何協助。STARS保證你們絕對不會被問罪。』

斯琵卡沒隱藏真心話。

STARS的任務包括了處理危險的戰鬥魔法師。但這是在魔法師屬於軍方內部成員的狀況下，由憲兵負責處理。如果是民間的魔法師犯罪，原本不在STARS的權限範圍。

然而STARS不會把美國的安全與本位主義放在天秤兩端。至今只要判斷可能造成國家危機，就會採取超法規的行動。

無須多說，這以文官統治體制的視角來看是不合格的，甚至是犯罪。但以實際問題來說，某些事情若是遵循正規的法律程序就來不及應對。身為聯邦軍又扛起部分治安責任的STARS隊員，已經習慣做這種骯髒的工作。

只不過，蕾娜不需要斯琵卡唆使，也已經下定「不能放任狄恩與蘿拉兩人」的決心。如果STARS願意接下善後工作，對於蕾娜來說正如所願。

「我會親自前往列治文。可以請你們在當地支援嗎？」

『請儘管吩咐。』

斯琵卡將一定找得到她的聯絡方式告訴蕾娜，結束通話。

蕾娜在中午之前就起飛前往奧克蘭國際機場。

同行者和上次一樣，是遼介、愛拉與路易・魯三人。

在監視團內部，對於勸告西藏政府發布拉薩不設防城市宣言的這個方案本身沒有反對意見。議論的重點是要以何種方式進行勸告。

正常來想，寄送勸告書應該是一個方法，但是很可能被無視收場。使用通訊的話應該不會從一開始就接不通，但是顯然會由下級軍官接聽，告知「會轉告指揮官」然後不了了之。

而且拉薩的民政依然正常運作。現在是戰時，所以外人不知道是以軍方還是市政府為優先，但是如果中央政府決定讓拉薩成為不設防城市，西藏軍應該不會違抗。

不必擔心西藏正統政府軍或ＩＰＵ軍反對拉薩成為不設防城市。魔法師組成的文民監視團，原本就是想阻止大亞聯軍進行焦土作戰的ＩＰＵ，以及想在國際政治舞台取回影響力的西ＥＵ，雙方心思交織而促成的結果。

這場議論很快就整合出結論，認為直接進入拉薩談判最有效果。問題是由誰前往拉薩。即使高舉中立的旗幟，遭受攻擊的風險也很高。就算這麼說也不能派軍隊護衛。這個人必須具有獨自突破戰地並且平安生還的能力。

經過討論的結果，提案人達也獲選為交涉的使者。

為了和布達拉宮遺產管理人接觸而面對的第一道關卡，就這樣順利通過了。

達也自己駕駛小型敞篷車，在兩軍面前只穿著夏季西裝，以毫無防備的模樣獨自進入拉薩。許多充滿敵意的視線落在達也身上。但是他們的眼中有著藏不住的恐懼。大亞聯盟的士兵依然沒能逃離「灼熱萬聖節」的惡夢。

每次通過崗哨，達也都乖乖接受身體檢查。雖然終究會拒絕「脫光衣服」的要求，但是為了證明沒攜帶任何武器，車子都讓衛兵檢查到滿意為止。解放裝甲的「材料」散落在車上，衛兵覺得只是砂子沒有懷疑。

達也在大亞聯盟士兵的隨行之下，順利進入布達拉宮。

說來意外，西藏傀儡政府的閣僚向達也表現友好態度。或許是大亞聯軍的司令官下令「不准惹達也生氣」。

關於不設防城市宣言，終究沒能立刻給個答案。但也沒有立刻回答「Ｎｏ！」，或許西藏政府內部也在檢討這個方案。

因為想要稍微討論一下，所以達也被要求在布達拉宮等待兩小時左右，閣僚也建議可以在這段時間參觀西藏傲視世界的文化遺產「紅宮」。

這個提案對於達也來說是正合己意，甚至令他懷疑是陷阱。

布達拉宮分成政治中樞的白宮以及宗教中心的紅宮。仔細想想，利用紅宮讓達也這個外人遠離白宮，或許是合理的作法。

然而擔任導覽陪同的喇嘛正是那位遺產管理人，這種展開果然過於順心如意，不禁令達也懷疑這是陷阱。

「……您為什麼不惜冒著危險也要來到這座宮殿？」

在導覽的途中，喇嘛以流利的日語發問。或許官僚或軍人選擇這位喇嘛是因為他精通日語。

「因為我想保護這裡積蓄的遺產。」

聽在旁人耳裡，這是保護文化財產的模範回答。但是聽在曾經帶領達也進入香巴拉遺跡的喇嘛耳裡另有含意。

「您不必擔心。因為真正重要的寶物，不會讓沒資格的人看見。」

喇嘛的回答對於第三者來說也僅止於宗教的通則範圍。但是達也知道自己那段話的意圖有正確傳達給他。

「這次如果『什麼都沒看到』應該不會滿足。」

「請放心。對於專程前來的大人物，這邊會確實拿出有價值的物品提供觀賞。」

換句話說，香巴拉的遺跡管理人應該準備了掩飾用的寶物以備不時之需。

「聽到您這麼說，我就放心了。」

看來達也即使沒做任何事，喇嘛那邊也已經備好對策。能夠確認這一點就不算是白跑一趟。

達也決定這麼認為。

約定的兩小時後，達也得到的回覆是答應發布不設防城市宣言。達也原本預料不會在當天得到答覆，所以這個結果過於意外。他一直認為這場交涉即使沒有立刻決裂也會被蓄意拖延。說不定大亞聯盟的內部情勢比想像的還要糟糕。雖然從外部看不出來，但是屢次的敗戰也可能導致國內的權力鬥爭愈演愈烈。

回程也沒有遭受襲擊。還以為八仙的餘黨會出手，不過看來是達也多心。

他在監視團營地和馬克羅德會合，將西藏政府的答覆書交給西藏「正統」政府（前者稱後者為「反政府勢力」）。當場得知答覆書的內容後，達也終於明白西藏政府與大亞聯盟的盤算。

答覆書記載了發布不設防城市宣言的前提條件。

條件很簡單，只有兩個。

第一個條件是在進行不設防城市措施的期間停戰。接受答覆書的條件之後設下十天的停戰期間，必須在這段期間從拉薩撤軍完畢。

第二個條件是司波達也退出國境。文民監視團可以繼續待在西藏，但是司波達也必須離開西藏以及IPU領土，在戰爭結束之前不能再度入境。西藏政府與大亞聯軍要求這方面的保證。

聽到這個條件，達也傻眼了。覺得再怎麼說應該也是反應過度。

但是只有達也本人認為這個條件很荒唐。西藏「正統」政府與IPU聯邦軍司令部都認為這是妥當的條件。

單一個人具有對抗國家的力量。達也沒有真正理解這件事的意義。

對於必須讓部下聽命才能發揮國家力量的掌權者來說，不依賴任何人就單獨具備和國家同等力量的魔人，是水火不容的存在。連存在本身都難以容許。正因為知道自己的權力多麼脆弱，所以掌權者面對達也這樣的存在會覺得被愚弄，覺得被徹底否定。

可以的話，希望立刻從這個世界消除。

如果做不到，希望至少不要進入視野範圍。

東道他們這樣的日本掌權者沒陷入這種妄執，是因為知道達也並不是獨立的完人。達也堅持自己的立場，認為自己只不過是日本社會這個巨大系統的齒輪。所以他們明知自己的權力多麼脆弱，依然不必將達也這個魔人當成瘟神看待。

不提掌權者的這種心理，對於達也來說，如今也沒必要繼續待在西藏。拉薩成為不設防城市之後，肯定也給了風間與明山十足的面子。文民監視團是魔法師策劃的新國際機構的雛形，他只參加兩次就完成文民監視團的工作。

西藏傀儡政府以及西藏逃亡政府立刻以電話進行會談，向全世界高調發表拉薩的不設防城市宣言。成為大功臣的達也名字，被馬克羅德與施米特齊聲吹捧讚賞。

大約一小時後，達也從加德滿都起飛前往日本。

回到巳燒島，達也在住處心想「終於結束一份工作了」稍微喘口氣。

但是這樣的他收到一個壞消息。

舊金山發生大規模的暴動。

持續擴大沒有平息徵兆的這場騷動，似乎是蘿拉在沙斯塔山西北山麓挖掘之後由狄恩獲得，香巴拉敵對勢力「拉・洛」的魔法引發的。

為了對付這個未知的魔法，ＦＥＨＲ的蕾娜與STARS的卡諾普斯向達也求援。

看來達也還不被允許休息。

總之他先前往通訊室，要和卡諾普斯討論相關事宜。

〈待續〉

後記

為各位送上《魔法人聯社》第七集。

各位覺得如何？看得愉快嗎？

本系列最大的煩惱，就是主角太強了。

「現在說這個也太遲了吧！」應該也有很多人這麼說。不過請聽我解釋。

本系列的主旨之一是「光看力量是最強的主角，對抗無法以蠻力解決的障礙」。作者我個人自認至今的劇情主線（應該算是有主線吧？）一直按照這個主旨進行。

「無法以蠻力解決的障礙」是現存的社會構造，操控這個障礙的是權力與經濟力，成為深植於大多數人內心的既成概念與常識。

但是主角獲得經濟力，進入權力範疇，朝著社會的變革踏出腳步，經過英雄式的魔王般的活躍，甚至能夠斬斷既成概念與常識的桎梏。既然走到這一步，就必須處理「主角的敵人要怎麼設定」的問題。這是英雄作品都會面臨的煩惱。

不只是輕小說，推理或科幻之類的大眾小說，在這種場合的原則是「讓宿敵或是死對頭的戰力通膨」。主角強度通膨的原因，或許是敵人的實力先通膨了吧？其實我是這麼認為的……但這是三流小說作家的藉口。

不過，物理破壞力凌駕於主角的敵人，依照這部小說的設定不會登場。要是這種敵人和主角正面衝突，將會成為敵我雙方沒有任何人存活的「沒有勝利者的戰鬥」。

在這時候想到的就是「拉·洛」留下的「加拉爾」。我想應該不需要重新向各位讀者說明，這個魔法名稱源自北歐神話，是宣告「諸神黃昏」來臨的「白神」海姆達爾使用的號角。在本作品會以何種方式活用，敬請期待第八集以後的內容。

雖然接下來這部分也無須說明，但是在《時輪怛特羅》登場的「拉·洛」和北歐神話沒有任何關係——應該沒有才對。

此外本作品的登場角色有點瞧不起「姆」以及「雷姆利亞」，但是我個人很喜歡「姆」以及「雷姆利亞」，也曾經幻想姆文明是太平洋上非常密集的島嶼聯邦發展的海洋文明。當然沒有任何根據就是了（笑）。

說到無法考證的事物，我在神代文字這方面也是肯定派。否定神代文字的根據之一，在於古

代日語的母音比現代日語來得多，但是有人主張這些母音是用來表現外來語，不是日語原本的母音，我個人支持這個說法……但我的支持應該毫無價值吧。

那麼，話題也差不多說完了。

本次也由衷感謝各位陪同我一起走到這裡。接下來的第八集也請多多指教。

（佐島 勤）

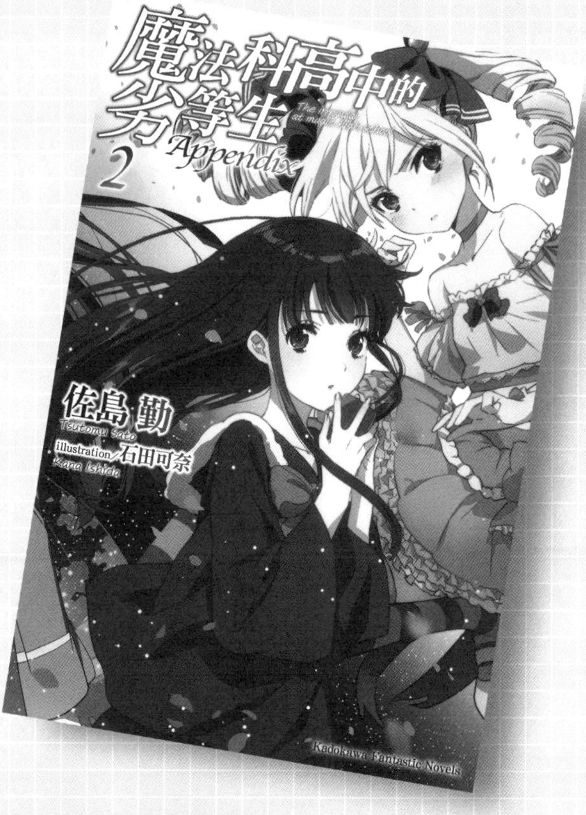

魔法科高中的劣等生 Appendix 1~2 待續

作者：佐島 勤　插畫：石田可奈

莉娜變身為美少女魔法戰士？深雪成為偶像？
書中角色呈現各種面貌的搞笑短篇集登場！

——昔日隸屬於STARS候補生部隊「STARLIGHT」的莉娜，部隊交付給她當成畢業課題的任務是成為魔法少女？——這是說不定發生過的可能性之一，深雪與真由美唱歌跳舞，成為偶像進行藝能活動？紀念《魔法科》系列十週年，將特典小說集結成冊第二彈！

各 **NT$300/HK$100**

●REC
靠死亡遊戲混飯吃。
2
鵜飼有志
插畫 ねこめたる
20:23:01:25
Kadokawa Fantastic Novels

國家圖書館出版品預行編目(CIP)資料

續.魔法科高中的劣等生：魔法人聯社 / 佐島勤作；哈泥蛙譯. -- 初版. -- 臺北市：臺灣角川股份有限公司, 2024.05-

冊； 公分. -- (Kadokawa fantastic novels)

譯自：続.魔法科高校の劣等生：メイジアン.カンパニー

ISBN 978-626-378-925-8(第7冊：平裝)

861.57　　113003075

Kadokawa
Fantastic
Novels

續・魔法科高中的劣等生 魔法人聯社 7

（原著名：続・魔法科高校の劣等生 メイジアン・カンパニー 7）

2024年5月8日 初版第1刷發行

作者：佐島 勤
插畫：石田可奈
日版設計：BEE-PEE
譯者：哈泥蛙

發行人：台灣角川股份有限公司
總監：呂慧君
總編輯：蔡佩芬
主編：林秀儒
編輯：黎夢萍
設計指導：陳晞叡
美術設計：黃永漢
印務：李明修（主任）、張加恩（主任）、張凱棋

發行所：台灣角川股份有限公司
地址：104台北市中山區松江路223號3樓
電話：（02）2515-3000
傳真：（02）2515-0033
網址：www.kadokawa.com.tw
劃撥帳戶：台灣角川股份有限公司
劃撥帳號：19487412
法律顧問：有澤法律事務所
製版：巨茂科技印刷有限公司
ISBN：978-626-378-925-8

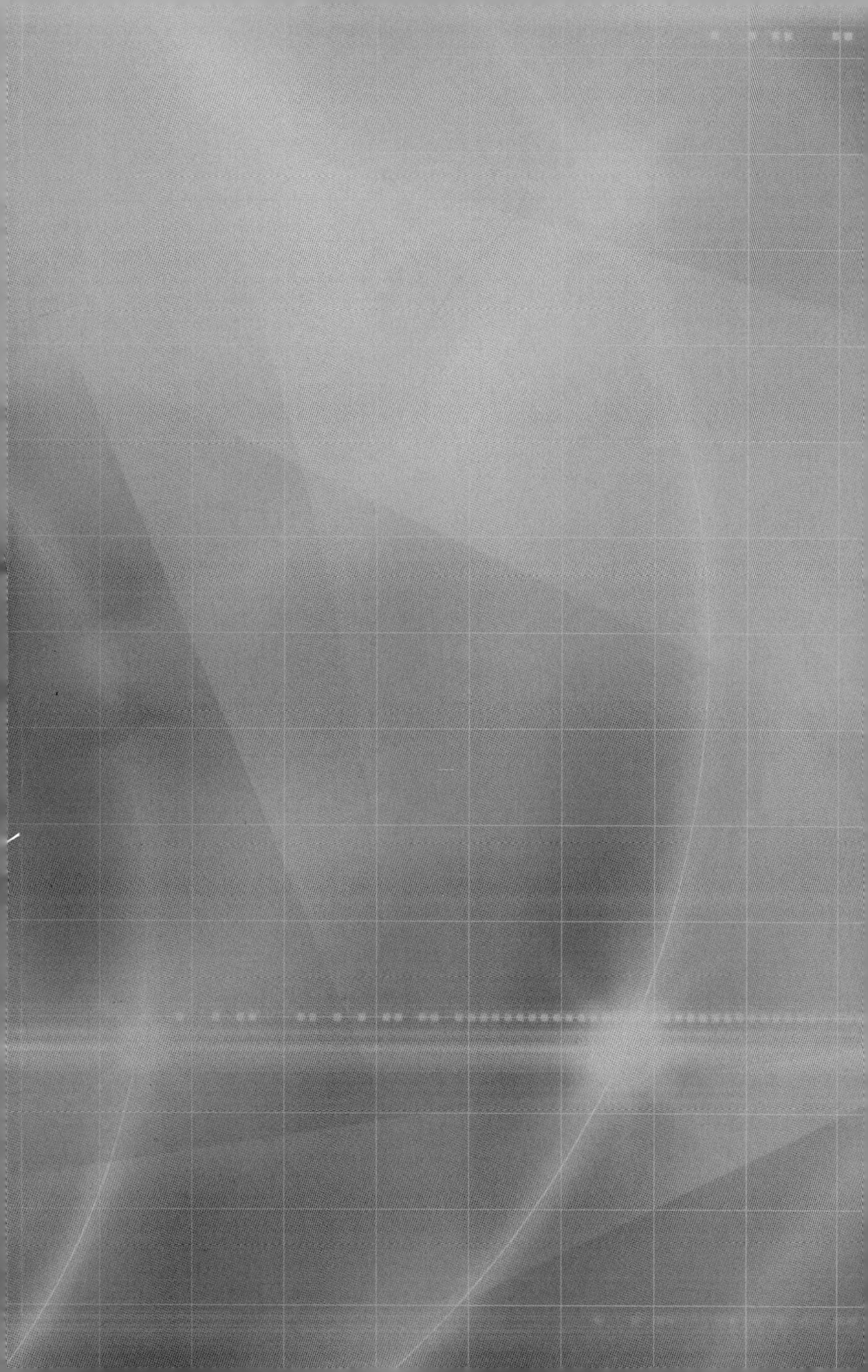